KB208835

元曲 300首 (上)

元曲 300首 (上)

류 인 옮김

소울앤북

책을 내면서

우연한 계기로 당시 300수를 발간하였고 많은 분의 격려에
힘입어 송사 300수까지 이어졌다. 송사 300수를 번역하면서 이
작업을 중국에서는 많이 애송되지만, 우리나라에는 아직 제대
로 소개되지 않고 있는 원곡까지는 하고 싶다고 생각하였다. 중
국 근대의 왕국유(王国维)가 초소(楚骚), 한부(汉赋), 육대 병어
(六代骈语), 당시(唐诗), 송사(宋词), 원곡(元曲)을 중국 역대 왕
조의 대표적인 문학 장르로 정의하였는데 당시에서 원곡까지
소개하게 되었으니, 의미가 매우 깊다.

원곡(元曲)은 민간에서 유행하던 '길거리 소령(街市小令)' 또
는 '마을 소조(村坊小调)'에 뿌리를 두고 있으며 원이 중원으로
진출하면서 다두(大都, 지금의 베이징)와 린안(临安, 지금의 항
저우)을 중심으로 광활한 지역에 걸쳐 유행하였는데 생겨난 지
역에 따라 북곡(北曲)과 남곡(南曲)으로 나눈다.

장르 상으로는 코믹한 표현과 대사가 특징인 잡극(杂剧)과
대사는 없고 서정적인 가사가 주를 이루는 산곡(散曲)으로 나
누어진다. 따라서 잡극은 희곡(戏曲), 산곡은 시가로 분류하기
도 한다. 산곡은 몇 단(段, 시의 상, 하편 한 묶음)으로 구성되
었느냐에 따라 다시 소령(小令)과 대과곡(带过曲), 투수(套数)
로 구분된다.

원곡에는 육궁 십일조(六宫十一调)의 음조가 사용되었는데 육궁은 선려(仙吕), 남려(南吕), 황종(黃钟), 중려(中吕), 정궁(正宫), 도궁(道宫)으로 나누어지며 십일조는 대석(大石), 소석(小石), 반섭(般涉), 상각(商角), 고평(高平), 게지(揭指), 상조(商调), 각조(角调), 월조(越调), 쌍조(双调), 궁조(宫调)로 나누어진다.

원나라 때는 팔창 구유 십개(八娼九儒十丐, 8번째 기녀, 9번째 학자, 10번째 거지)라고 할 정도로 문인들이 천시받았다. 그래서 원곡은 한편으로는 시가의 미려함과 구성짐을 계승하면서도 다른 한편으로는 신랄한 정치 사회적 정서를 포함하고 있다. 또한 역대 시사에 비해 직설적이고 통속적인 표현이 더하여져 문학의 폭을 넓혔다고 평해진다.

원곡은 3시기에 걸쳐 발전하였다. 원나라가 세워지고 남송이 멸망하게 되는 기간에 민간의 통속적이고 구어체적인 특징이 문단에 유입되었다. 세조 지원(世祖至元, 1262~1294년) 때부터 순제 후지원(順帝后至元, 1335년)의 기간에는 전문적인 문인들이 창작하기 시작한다. 혜종 지정(惠宗至正, 1341~1370년)의 원 말기가 되면 산곡 작가들이 전업으로 작품 활동을 하게 되면서 율격과 문체에 공을 들이게 되고 예술적인 완성도가 높아졌다.

원곡 삼백 수의 선정 편찬은 1926년 임나(任讷)에 의해 처음 이루어졌고 1943년 이후 노전(卢前)과 함께 공동으로 증보 작업을 한 것이 지금까지 가장 광범위하게 받아들여지고 있다.

당시, 송사, 원곡의 여정을 마치는 데 아내의 전폭적인 이해와 배려가 큰 도움이 되었다. 항상 커다란 사랑의 빚을 지고 있음을 새삼 느끼게 되었다. 이 책의 출간을 도와주신 소울앤북 출판사와 모든 분께 감사드린다.

2024년 10월, 류인

차례

책을 내면서 · 05

원호문(元好问, 1190~1257年)

자는 유지(裕之), 호는 유산(遗山)이며 타이위안 슈룽(太原秀容, 지금의 산시 신저우山西忻州) 사람. 금말 원초에 가장 뛰어난 성취를 이룬 작가이자 역사학자로 시, 문장, 사, 곡 모든 방면에 업적을 남김. 원유산 선생 전집(元遗山先生全集)과 중주집(中州集)이 있음.

双调 · 小圣乐, 骤雨打新荷 其一

绿叶阴浓, 遍池亭水阁, 偏趁凉多。海榴初绽, 朵朵簇红罗。乳燕雏莺弄语, 对高柳鸣蝉相和。骤雨过, 似琼珠乱撒, 打遍新荷。

쌍조·소성악(双调·小圣乐), 소나기가 새 연꽃을 때리고 제1수

푸른 잎사귀는 짙은 그늘 드리우고
물 옆 정자가 연못을 가득 채웠으니
이보다 상쾌할 수는 없으리라
석류 꽃(海榴)[1] 막 피어나
주렁주렁 붉은 비단을 늘어뜨리네
지지배배 제비와 꾀꼬리 새끼들
높은 버드나무 위 매미 울음에 화음을 맞춘다

갑작스레 빗방울 떨어지는 것이
내뿌려지는 옥구슬들
새로 핀 연꽃을 두들기는 것 같구나

1) 석류는 해외에서 유입된 것이라 해류라고도 하였음.

双调 · 小圣乐, 骤雨打新荷 其二

人生百年有几, 念良辰美景, 休放虚过。穷通前定,
何用苦张罗。命友邀宾玩赏, 对芳尊, 浅酌低歌。且酩
酊, 任他两轮日月, 来往如梭。

쌍조·소성악(双调·小圣乐), 소나기가 새 연꽃을 때리고 제2수

인생 백 년 시간은 충분하다 하나
좋은 시절 아름다운 경치 생각하면
헛되이 보내서는 안 될 일이라
궁하고 통하는 것은 미리 정해진 것이거늘
괴롭게 몸부림친들 무슨 소용이랴
친구 부르고 손님 초대하여 감상하면서
앞에 맛있는 술상 차려 놓고
고즈녘한 노래와 더불어 느긋하게 마시리니
잠시 대취하여

해와 달 두 바퀴에 맡겨두면
베틀처럼 왔다 갔다 하겠지

▶원호문이 원나라 초기 실의에 빠져 있을 때 쓴 산곡(散曲). 당시 명기들이 즐겨 불렀던 곡으로 조송설(赵松雪)은 가기가 이 노래를 부르는 것을 듣고 "주인장에게는 창저우의 운치가 있고, 유녀는 백설사를 노래한다. (主人自有沧州趣·游女乃歌白雪词。)"라고 찬탄해 마지않았음.

소성악은 원호문이 만든 곡으로 곡패(曲牌) 명으로도 쓰임. 가사 중 "갑작스레 빗방울 떨어지는 것이, 새로 핀 연꽃을 두들기는 것 같구나(骤雨过 , 打遍新荷)"에서 인용하여 '소나기가 새 연꽃을 때리고(骤雨打新荷)'라고 이름하기도 함.

* * *

中呂 · 喜春来, 春宴 其一

春盘宜剪三生菜, 春燕斜簪七宝钗。春风春酝透人怀。春宴排, 齐唱喜春来。

중려·희춘래(中吕·喜春来), 봄 잔치 제1수

봄 쟁반(春盘)¹⁾에 응당 세 가지 채소는 담아야 하고

봄 제비(春燕)에는 칠보채(七宝钗)² 비스듬히 꽂아야 하리
봄바람이 부니 봄 술 향기 가슴속을 파고드네
봄 잔치를 벌이고
봄노래 '희춘래(喜春来)'를 다 같이 부르는구나

1) 춘병(春饼)과 부추, 미나리, 무 등의 음식을 담은 접시. 춘병은 밀
가루 반죽을 얇게 늘여서 번철에다 구운 것으로 입춘 때 야채, 고기
등을 싸서 먹었음.
2) 여러 가지 보물로 만든 여인의 머리 장식. 칠(七)은 많다는 의미이
며 숫자 7과는 무관함.

中吕 · 喜春来, 春宴 其二

梅残玉厣香犹在, 柳破金梢眼未开。东风和气满楼
台。桃杏拆, 宜唱喜春来。

중려·희춘래(中吕·喜春来), 봄 잔치 제2수

남은 매화꽃 옥 같은 뺨에 향기 여전하고
연노랑 가지 끝 터뜨린 버들 아직 눈도 뜨지 않았는데
동풍의 따스한 기운이 누각을 가득 채웠네
복숭아꽃 살구꽃 봉오리를 벌리니
마땅히 봄노래 '희춘래'를 불러야 하리

中吕 · 喜春来, 春宴 其三

梅擎残雪芳心奈, 柳倚东风望眼开, 温柔樽俎小楼台。红袖绕, 低唱喜春来。

중려·희춘래(中吕·喜春来), 봄 잔치 제3수

매화가 잔설(殘雪)을 들어 올리니 아가씨 마음 어떻게 하나
버들은 동풍에 의지하여 눈 뜨기를 고대하는데
작은 누각에서는 부드러운 술과 고기라
붉은 옷소매 두르고는
나지막이 봄노래 '희춘래'를 부르는구나

中吕 · 喜春来, 春宴 其四

携将玉友寻花寨, 看褪梅妆等杏腮, 休随刘阮到天台。仙洞窄, 且唱喜春来。

중려·희춘래(中吕·喜春来), 봄 잔치 제4수

옥우(玉友)[1]를 들고 꽃 만발한 곳 찾았더니
매화는 화장을 지우고 살구꽃은 향긋한 뺨이 되었네

유완(刘阮)²⁾을 따라 톈타이(天台)로 갈 일 없으니
신선 동굴이 너무 작아
차라리 봄노래 '희춘래' 부름이 나음이라

1) 술 이름. 맛있는 술을 의미.
2) 유신(刘晨)과 완조(阮肇). 한 명제 영평(汉明帝永平, 57~75) 연간
   에 같이 톈타이산(天台山)에 약초 캐러 갔다 두 여인을 만나 그들의
   집에 초대받고 반년을 지낸 뒤 고향이 그리워 집으로 돌아와 보니
   이미 7세대가 지났더라는 전설의 인용. 톈타이산은 저장 톈타이현
   북쪽에 있음.

▶원호문은 금나라가 망한 뒤 일체 벼슬길에 나서지 않고 고향에
야사정(野史亭)을 짓고 은거하면서 금사(金史) 편찬과 임진 잡편(壬
辰杂编), 중주집(中州集) 개정을 함으로써 금나라 때의 작품과 사료
를 보존함. 이 시기에 쓴 산곡.
　희춘래는 송사에서 유래한 곡조의 이름으로 극곡(剧曲)과 산곡
(散曲)의 투수(套数) 및 소령(小令)에 사용되었음. 양춘곡(阳春曲),
희춘풍(喜春风) 또는 희춘아(喜春儿)라고도 불림.

양과(杨果, 1197~1271年)

　자는 정경(正卿), 호는 서암(西庵)이며 치저우 푸인(祁州
蒲阴, 지금의 허베이 안궈安国) 사람. 금 애종 정대 원년(金
哀宗正大, 1224년)에 진사 급제. 금나라가 망하자 양환(杨
奂)의 허난 정벌을 위한 과세로 경력을 시작하여 사천택(史
天泽)이 허난을 통치할 때 참의(参议)로 천거됨. 세조 중통
원년(世祖中统, 1260년)에 베이징(北京, 지금의 내몽골 닝
청宁城 서북지역) 선무사(宣抚使)가 되고 이듬해 참지정사
(参知政事)를 제수받았다가 1269년(세조 지원 至元 6년)
에 화이멍로 총관(怀孟路总管)으로 파견됨. 서암집(西庵集)
이 있었으나 유실되었고 소령(小令) 11수와 투수(套数) 5수
가 남아 있음.

越调 · 小桃红, 采莲女 其一

　满城烟水月微茫, 人倚兰舟唱。常记相逢若耶上, 隔
三湘, 碧云望断空惆怅。美人笑道, 莲花相似, 情短藕
丝长。

월조·소도홍(越调·小桃红), 연꽃 따는 여인 제1수

안개가 온 성을 덮고 물 위 달빛 어슴푸레한데

목련 배에 기대어 노래 부르는 여인이여

"뤄예(若耶)[1]에서 만났던 일 늘 잊지 않고 있으니

샨샹(三湘)[2] 머나먼 땅에서

푸른 구름만 바라보다 노을 지면 서글픔 참을 수 없다
오"

아름다운 여인 웃으며 대답하네

"내 마음은 연꽃 같아요

정 주신 것은 비록 짧았으나

내 사랑은 연뿌리 실처럼 길답니다"

1) 사오싱(绍兴)에 있는 서시(西施)가 빨래하던 계곡.
2) 후난의 다른 이름. 샹수이(湘水)가 발원하여 리수이(漓水)와 합해
   지는 곳을 리샹(漓湘), 중류 지역에서 샤오수이(潇水)와 합류한 이
   후를 샤오샹(潇湘), 하류 지역에서 증수이(蒸水)와 합해진 이후를
   증상이라고 하여 통칭하여 샨샹(三湘)이라고 하게 됨.

越调 · 小桃红, 采莲女 其二

采莲人和采莲歌, 柳外兰舟过。不管鸳鸯梦惊破,
夜如何。有人独上江楼卧。伤心莫唱, 南朝旧曲, 司马
泪痕多。

월조·소도홍(越调·小桃红), 연꽃 따는 여인 제2수

연꽃 따는 여인, 연꽃 따며 부르는 노래
버들 너머로 목련 배 지나가네
원앙 깜짝 놀라 꿈 깨는 것 상관 않으나
이 밤을 어쩌란 말이냐
홀로 강변 누각에 누워
가슴 아픈 노래 부르지 말지니
남조(南朝)[1] 옛 가락에
사마(司马)는 눈물 자국투성이로다

1) 남북조 시대 송, 제, 양, 진의 총칭

▶이 곡은 양과가 1260년 원나라의 관리로 있을 때 쓴 것으로 추정.

양과의 소령 11수는 모두 소도홍 곡조를 사용하였으며 연꽃 따는 여인의 정서와 생활을 소재로 함. 양춘백설(阳春白雪)에 실린 8수에는 제목이 없으며 태평악부(太平乐府)에 실린 3수에 채련녀(采莲女)라는 제목이 있음.

소도홍은 사보(词谱)에 실린 원나라 무명작가의 사 중 "작은 연분홍 꽃을 꽂음 직하다(宜插小桃红)"에서 곡명이 유래.

상정(商挺, 1209~1288年)

자는 맹경(孟卿) 호는 좌산노인(左山老人)이며 차오저우 지인(曹州济阴, 지금의 산둥 차오현曹县) 사람. 몽골 헌종 3년(宪宗, 1253년) 쿠빌라이를 보좌하여 징자오 선무사랑중(京兆宣抚司郎中)으로 파견되었다가 1264년(세조 지원 원년) 입경하여 참지정사로 봉직함. 지원 9년 안시왕상(安西王相)으로 파견되었다 16년 파직됨. 20년 추밀부사(枢密副使)로 복귀하나 질병으로 사직함. 천여 편의 시를 썼으나 상당 부분 유실됨.

双调 · 潘妃曲 其六

小小鞋儿白脚带，缠得堪人爱。疾快来，瞒着爹娘做些儿怪。你骂吃敲才，百忙里解花裙儿带。

쌍조·반비곡(双调·潘妃曲) 제6수

자그마한 신발 하얀 다리를 묶어
전족(缠足)한 모습 사랑받을 만하네
날쌔게 달려와
부모 몰래 하는 짓이 괴이하다
"에라이, 곤장 맞을 놈(吃敲才)[1]아"

생각지도 않게 꽃치마 끈을 푸는구나

1) 사랑하는 남자에 대한 여인들의 애증이 뒤섞인 호칭.

双调 · 潘妃曲 其八

带月披星担惊怕, 久立纱窗下, 等候他。蓦听得门外
地皮儿踏, 则道是冤家, 原来风动荼蘼架。

쌍조·반비곡(双调·潘妃曲) 제8수

달빛을 이고 별빛을 받으며 흠칫흠칫하였네
망사 창문 아래 한참을 서서
그 사람 기다리던 중
문득 문밖에서 타박타박 발자국 소리 들리길래
그 원수가 이제야 왔나 했더니
찻잎 옥수수 줄기에 바람 부딪치는 소리였네

双调 · 潘妃曲 其十一

目断妆楼夕阳外, 鬼病恹恹害。恨不该, 止不过泪满
旱莲腮。骂你个不良才, 莫不少下你相思债。

쌍조·반비곡(双调·潘妃曲) 제11수

규방에서 해지는 곳 너머 애타게 바라보다
그리움으로 생긴 병, 지칠 대로 지쳤다네
원망해서 무엇하랴
멈추지 않는 눈물 마른 연꽃 같은 볼을 온통 적시네
"에라이 이 나쁜 놈아"
네가 진 사랑의 빚 결코 적다고 못하리라

双调 · 潘妃曲 其十三

闷酒将来刚刚咽, 欲饮先浇奠。频祝愿, 普天下心厮
爱早团圆。谢神天, 教俺也频频的勤相见。

쌍조·반비곡(双调·潘妃曲) 제13수

번민 중에 억지로 홧술을 마시려고
먼저 땅에다 한 잔을 뿌렸네
항상 바라고 비는 것은
온 천하 사랑하는 이들 서둘러 모이는 것이라
하느님이여, 간절히 비옵나니
우리도 자주자주 부지런히 만날 수 있게 해주소서

双调 · 潘妃曲 其十五

一点青灯人千里。锦字凭谁寄。雁来稀, 花落东君也憔悴。投至望君回, 滴尽多少关山泪。

쌍조·반비곡(双调·潘妃曲) 제15수

푸른 등불 하나 의지하여 천리 밖 님에게 쓴 편지
누구에게 부탁하여 부쳐 달라고 할까
기러기 오는 것 뜸하고
꽃은 떨어지니 동군(东君)[1]도 여위는구나
그대 돌아오는 것 바라고 기다리다
얼마나 많은 관산월(关山月)[2] 눈물을 흘려야 하나

1) 봄을 관장하는 신. 봄이 되면 동풍이 불기 때문에 봄은 동쪽에서 온다고 생각했음. 여름은 남쪽, 가을은 서쪽, 겨울은 북쪽.
2) 중국 고대의 거문고 곡. 변방을 지키러 출정한 장수의 애환과 이별의 아픔을 노래함.

▶ 반비곡(潘妃曲)은 극곡, 투수 및 소령에서 널리 쓰이던 곡패. 상정이 이 곡에 맞추어 쓴 소령 19수가 전함. 반비는 남조 제나라의 황제 소보권(萧宝卷)이 총애했던 비로 소보권은 그녀를 위해 신선(神仙), 영수(永寿), 옥수(玉寿) 세 개의 궁전을 짓고 궁전 마당에 금

련(金莲) 무늬를 깔아 반비가 걸어 다니게 하였음. 여기서 반비의 걸음걸음마다 금련이 생겨난다(步步生金莲)라고 하여 보보교(步步娇)라고도 함.

유병충(刘秉忠, 1216~1274年)

자는 중회(仲晦)이며 허베이 싱타이(邢台) 사람. 원래 이름은 간(侃)이었으나 스님이 되어 우이산(武夷山)에 은거하며 법명을 자총(子聪), 호를 장춘산인(藏春散人)이라 함. 이후 윈중(云中, 지금의 산시 다퉁山西大同)에 있을 때 해운선사(海云禅师)와 함께 세조에게 부름을 받자, 병충(秉忠)이라 개명하고 좌우에서 모심. 1264년(세조 지원 원년) 광록대부(光禄大夫)를 제수받고 이후 관직이 태보(太保), 참령중서성사(参领中书省事)에 이름. 저서에 장춘산인집(藏春散人集)이 있고 소령(小令) 12수가 전함.

南吕 · 干荷叶 其一

干荷叶, 色苍苍, 老柄风摇荡。减了清香, 越添黄。都因昨夜一场霜, 寂寞在秋江上。

남려·간하엽(南吕·干荷叶) 제1수

시들어 버린 연잎
푸르스름 누르스름 색이 변하고
바짝 마른 줄기는 바람에 요동하네
상큼한 향기 줄어들고

누런색 갈수록 더하니
모두 지난밤 한바탕 서리 때문이라
가을 강물 위 적막함을 더하는구나

南吕 · 干荷叶 其二

干荷叶, 映着枯蒲, 折柄难擎露。藕丝无, 倩风扶。
待擎无力不乘珠, 难宿滩头鹭。

남려·간하엽(南吕·干荷叶) 제2수

시들어 버린 연잎
메마른 부들을 보는 듯하고
부러진 잎줄기는 이슬을 담을 수 없거늘
연뿌리 실도 없이
가을바람에 의지하고 있네
떠받칠 힘없으니 이슬방울 받을 수 없고
한 마리 해오라기 모래톱에 머물게 못 하네

南吕 · 干荷叶 其三

根摧折, 柄欹斜, 翠减清香谢。恁时节, 万丝绝。红鸳白鹭不能遮, 憔悴损干荷叶。

남려·간하엽(南呂·干荷叶) 제3수

뿌리는 잘려 나가고
이파리 자루는 구부러진 데다
푸른색 사그라지고 맑은 향기도 사라졌네
이때가 되면
모든 뿌리의 실이 끊어지니
붉은 원앙 하얀 해오라기 숨을 곳이라곤
파리하게 마른 연잎뿐이로구나

南呂 · 干荷叶 其四

干荷叶, 色无多, 不奈风霜锉。贴秋波, 倒枝柯。宫娃
齐唱采莲歌, 梦里繁华过。

남려·간하엽(南呂·干荷叶) 제4수

시들어 버린 연잎
얼마 남지 않은 청록 빛깔
모진 바람서리 견딜 수 없어

가을 수면 위에 떠다니며
가지는 부러져 처박혀 버렸네
궁녀들 다 같이 채련가(采莲歌) 부르는데
화려하던 모습 꿈같이 지나갔네

南吕 · 干荷叶 其五

南高峰, 北高峰, 惨淡烟霞洞。宋高宗, 一场空。吴山
依旧酒旗风, 两度江南梦。

남려·간하엽(南吕·干荷叶) 제5수

난가오봉(南高峰)과 베이가오봉(北高峰)[1]
참담하다, 옌샤동(烟霞洞)[2]이여
송 고종(宋高宗)[3]
모든 희망 물거품이 되었네
우산(吴山)[4]의 술집 깃발 여전히 바람에 펄럭이는데
두 차례 강남의 허무한 꿈이로다[5]

1) 항저우 시후(西湖) 옆에 두 개의 봉우리가 마주하여 솟아 있는 것을
   "쌍봉이 구름을 찌른다. (双峰插云)"고 하여 시후 십경(西湖十景)
   중 하나로 침. 송나라 남, 북 두 개 왕조를 의미.
2) 난가오봉의 옌샤링(烟霞岭)에 있는 바위 동굴. 송 고종이 여기에

피난하였다고 하여 남산 제일 동천(南山第一洞天)이라고 부르게
됨.

3) 송 휘종의 아홉 번째 아들 조구(赵构). 1127년 금나라의 군대가 볜
징을 함락하고 휘종과 흠종을 포로로 잡아가자 조구는 난징으로 도
망가서 황제로 즉위하였다가 항저우로 천도함. 36년간 재위에 있
으면서 금나라의 신하를 칭하며 굴욕적인 평화를 구함.

4) 시후 동남쪽에 있는 산. 일명 청황산(城隍山). 춘추시대 오나라의
남쪽 변경이라고 하여 붙은 이름. 송, 원 시대에 술집이 즐비하게
들어서 매우 번화하였음.

5) 오대(五代) 때의 오월(吴越)과 남송(南宋) 왕조가 항저우에 도읍을
세웠다가 멸망함.

南呂 · 干荷叶 其六

夜来个, 醉如酡, 不记花前过。醒来呵, 二更过。春
衫惹定茨蘼科, 绊倒花抓破。

남려·간하엽(南呂·干荷叶) 제6수

지난밤
벌겋게 되도록 취하였네
꽃 앞에서 시간 가는 줄 모르다가
어이쿠, 술 깨고 보니
어느새 이경(二更)[1]이 지났더라

봄옷 가시덤불처럼 흐트러지고
잠화(簪花)²⁾ 떨어져 온통 짓밟혔구나

1) 밤 아홉 시부터 열한 시까지의 사이.
2) 잔치 때 남자의 머리에 꽂는 조화(造花).

南呂 · 干荷叶 其七

干荷叶, 水上浮, 渐渐浮将去。跟将你去, 随将去。
你问当家中有媳妇。问着不言语。

남려·간하엽(南呂·干荷叶) 제7수

시들어 버린 연잎
물 위에 둥둥 떠서
점점 흘러가는 곳
그대와 함께 가리니
어디든 따라가리라
"집에 마누라가 있나요" 그 사람에게 물었더니
물어도 대답이 없네

南呂 · 干荷叶 其八

脚儿尖, 手儿纤, 云鬘梳儿露半边。脸儿甜, 话儿粘。
更宜烦恼更宜忺, 直恁风流倩。

남려·간하엽(南呂·干荷叶) 제8수

뾰족한 발에
섬세한 손
쪽 찐 머리 빗어 얼굴이 반쯤 드러났네
웃는 모습 달콤하고
말하는 것 달라붙는구나
고민될수록 더 마음에 드니
진실로 아름다운 풍류로다

▶유병충은 세조를 모시고 원나라의 개국공신으로 활약하였으나 항상 검소한 생활을 하였음. 본 소령은 원나라가 항저우를 점령하기 전에 산곡과 민가를 융합하여 쓴 작품. 연뿌리 우(藕)는 배우자 우(偶)와 같은 발음이라 연뿌리를 남녀 간의 애정을 묘사하는 데 사용함.

　간하엽(干荷叶)은 남려궁(曲牌名)에 속하는 곡패. 중려(中呂) 및 쌍조(双调)에 속하기도 함. 소령(小令)에 많이 사용됨.

왕화경(王和卿, 생몰연대 불상)

　다밍(大名, 지금의 허베이성 소재) 사람. 관한경(关汉卿)과 막역했다고 하며 익살맞은 풍의 산곡으로 유명함. 전원산곡(全元散曲)에 소령(小令) 21수와 투수(套数) 2수가 수록됨.

仙吕 · 醉中天, 咏大蝴蝶

　弹破庄周梦, 两翅驾东风, 三百座名园、一采一个空。谁道风流种, 唬杀寻芳的蜜蜂。轻轻飞动, 把卖花人搧过桥东。

선려·취중천(仙吕·醉中天), 커다란 나비를 노래함

장주(庄周)의 꿈 불현듯 깨고 보니[1]
양 날개가 동풍을 몰아왔네
삼백 개 빼어난 정원 꽃에서
하나하나 꿀을 빨아 모두 비워버렸네
누가 풍류 종이라 했던가
찾아온 꿀벌들을 위협하더니
가볍게 날아올라
다리 동쪽으로 꽃 파는 사람들을 쫓아가네

1) 장주(庄周)는 전국시대 송나라 사람. 어느 날 나비로 변한 꿈을 꾸
   었는데 꿈을 깨고 나서 자신이 나비가 된 꿈을 꾼 것인지 나비가 자
   신으로 변한 꿈을 꾸는 것인지 혼란해졌다는 고사의 인용.

▶ 세조 중통(世祖中统, 1260~1264년) 초기의 작품. 도종의(陶
宗仪)가 철경록(辍耕录)에 "다밍(大名)의 왕화경은 익살맞기로 사
방에 소문이 났다. 중통(中统) 초 옌스(燕市)에 기이하게 큰 나비 한
마리가 있었는데 왕화경이 취중천(醉中天)이라는 소령(小令)을 써
그 이름이 유명해졌다."라고 기록함.

취중천(醉中天)은 선려궁(仙吕宫)에 속하는 곡. 월조(越调), 쌍조
(双调)에서도 사용됨.

백복(白朴, 1226~1306年?)

자는 태소(太素), 호는 난곡선생(兰谷先生)이며 아오저우(隩州, 지금의 산시 허취陝西河曲) 사람. 이후 전딩(真定, 지금의 허베이 정딩正定)으로 이주. 어릴 때 금이 멸망하고 어머니가 몽골군에 피랍되는 불행을 당하였으나 자신은 원호문(元好问)의 도움을 받아 난을 피함. 원나라가 들어선 후 백복은 벼슬길에 나서지 않고 산천을 유람함. 관한경(关汉卿), 마치원(马致远), 정광조(郑光祖)와 더불어 원곡 사대가(元曲四大家)로 일컬어짐. 청나라 초기 양우경(杨友敬)이 백복의 소령 37수와 투수 4수를 취합하여 척유(摭遗)를 편찬함.

仙吕 · 寄生草, 饮

长醉后方何碍, 不醒时有甚思。糟腌两个功名字, 醅浇千古兴亡事, 曲埋万丈虹霓志。不达时皆笑屈原非, 但知音尽说陶潜是。

선려·기생초(仙吕·寄生草), 음주

만취하면 어떤 근심도 없어지니
술이 깨지 않는 것이 무슨 걱정인가

술지게미에 공명 두 글자를 묻고

탁주에 천년 흥망사를 담그며

술누룩으로 기고만장 청운의 품은 뜻 덮으리라

뜻을 이루지 못하면 모두 굴원(屈原)이 틀렸다고 비웃으나

알아주는 벗은 도잠(陶潛)[1]이 옳았다고 침이 마르도록 이야기하네

1) 중국 육조 시대 동진의 시인. 호는 연명.

▶ 원나라의 잔혹한 통치하에서 문인들은 술로 개인적인 쓰라린 경험과 조국의 멸망으로 인한 분노를 해소하고자 하였음.

기생초(寄生草)는 원나라 때 유행하기 시작하여 명나라 때 장화이(江淮) 지역에서 널리 성행했던 곡조. 식물의 이름에서 곡조 명이 유래됨.

* * *

中吕·阳春曲, 知几 其一

知荣知辱牢缄口, 谁是谁非暗点头。诗书丛里且淹留。闲袖手, 贫煞也风流。

중려·양춘곡(中吕·阳春曲), 깨달음 제1수

　어떤 것이 영광이며 어떤 것이 수치인지 알지만 입 다물
고 있으리라
　누가 옳고 누가 그른지도 알지만 내심 고개만 끄떡일 뿐
　시집 더미에 파묻혀 지내면서
　느긋하게 수수방관하리니
　지나치게 가난하면 풍류가 됨이라

中吕 · 阳春曲, 知几 其二

　今朝有酒今朝醉, 且尽樽前有限杯。回头沧海又尘
飞。日月疾, 白发故人稀。

중려·양춘곡(中吕·阳春曲), 깨달음 제2수

　오늘 아침 술이 있어 오늘 아침 또 취하였네
　잔에 조금 남아 있던 술까지 홀딱 비워버렸네
　고개 돌리는 사이 바다는 휘날리는 먼지가 되었구나
　해와 달이 질주하여
　백발 옛 친구 중 남은 이 몇 없네

中吕 · 阳春曲, 知几 其三

不因酒困因诗困, 常被吟魂恼醉魂。四时风月一闲身。无用人, 诗酒乐天真。

중려·양춘곡(中吕·阳春曲), 깨달음 제3수

술 때문에 고단한 게 아니라 시 때문에 고단함이라
언제나 시 읊는 귀신이 술 취한 귀신을 번거롭게 하네
사시사철 바람과 달을 벗하는 한가로운 신세
쓸모없는 인간에게
시와 술이 낙인 것은 천성일 따름이라

中吕 · 阳春曲, 知几 其四

张良辞汉全身计, 范蠡归湖远害机。乐山乐水总相宜。君细推, 今古几人知。

중려·양춘곡(中吕·阳春曲), 깨달음 제4수

장량(张良)은 한(汉)을 등지고 몸을 보전할 계책을 세웠고[1]

범려(范蠡)는 호수로 돌아가 재앙을 피하였네[2]
산 즐기고 물 즐기는 것이 가장 현명한 처사이나
그대 자세히 살펴보게
고금 이래 몇이나 이 진리를 깨달았는가

1) 장량은 유방(刘邦)을 도와 천하를 평정한 뒤 적송자(赤松子, 전설
   상의 신선)를 따라 잠적함.
2) 범려는 월왕 구천(越王勾践)을 도와 오나라를 멸한 뒤 논공행상을
   마다하고 우후(五湖, 타이후太湖·포양후鄱陽湖·둥팅후洞庭湖·펑
   리후彭蠡湖·차오후巢湖의 통칭)로 피신함.

▶ 백복의 명철보신(明哲保身) 하는 세계관은 감히 재채기도 하
지 못했던 원나라 때의 현실과 관계가 있기도 하고 그가 당했던 불행
한 경험의 산물이기도 함. 백복은 7세 때 전란으로 어머니를 잃고 원
호문과 함께 랴오청(聊城)에서 지내다 4년 뒤 아버지의 곁으로 돌아
옴. 아버지 백화(白华)는 금나라의 추밀원 판관(枢密院判官)을 지냈
으나 처음에는 송에, 다음에는 몽골에 투항함. 아버지의 연속된 변
절과 왕조 교체로 인한 가치관의 혼란, 억압받는 민족의 자존심 등은
그의 정신세계에 복합적으로 영향을 끼치게 되어 아버지의 기대와
지인들의 추천에도 불구하고 안빈낙도를 추구하며 현실 도피적인 인
생을 보냄.

* * *

越调 · 天净沙, 春

春山暖日和风, 阑干楼阁帘栊, 扬柳秋千院中。啼莺舞燕, 小桥流水飞红。

월조·천정사(越调·天净沙), 봄

봄이 온 산에 햇볕 따스하고 바람 포근하다
누각 난간의 발을 걷어 올리니
정원 수양버들에서 그네 흔들거리네
꾀꼬리 노래하고 제비 춤추는데
작은 다리 흐르는 물에 붉은 꽃잎 흩날리네

越调 · 天净沙, 夏

云收雨过波添, 楼高水冷瓜甜, 绿树垂阴画檐。沙橱藤簟, 玉人罗扇轻缣。

월조·천정사(越调·天净沙), 여름

구름 걷히고 비 그치니 물결 점점 더하네
높은 누각 물은 차갑고 참외 더욱 달구나

녹색 나무 채색 처마에 그늘을 드리우고
망사 휘장 안 등나무 의자에는
얇은 옷차림 미인이 비단부채 부치고 있네

越调 · 天净沙, 秋

孤村落日残霞, 轻烟老树寒鸦, 一点飞鸿影下, 青山
绿水, 白草红叶黄花。

월조·천정사(越调·天净沙), 가을

외로운 마을, 해는 지고 노을만 남았는데
옅은 연기 오르고 늙은 나무엔 겨울 까마귀 깃들였네
날아가는 기러기가 남긴 한 점 그림자
산은 푸르고 물은 파랗구나
하얀 풀 붉은 잎 노란 꽃 천지로다

越调 · 天净沙, 冬

一声画角樵门, 半庭新月黄昏, 雪里山前水滨。竹篱茅
舍, 淡烟衰草孤村。

월조·천정사(越调·天净沙), 겨울

초문(谯门)[1]에서 들리는 한 가락 화각(画角)[2] 소리
황혼 녘에 뜬 초승달 뜨락을 반쯤 비추고
눈 내린 산 앞에는 물이 흐르고 있네
대나무 울타리 초가집 있는
옅은 안개 시든 풀잎 외로운 마을

1) 방범과 방어를 위해 성문에 세운 망루.
2) 고대 군대에서 사용하던 나팔. 저녁과 새벽에 경보용으로 사용하였음.

▶ 송나라가 멸망한 뒤 진링(金陵, 지금의 난징)에 머물며 쓴 곡. 구체적인 시기는 알 수 없음.

천정사(天净沙)는 원나라 때 형성된 곡조로 무명씨의 곡 중 "변방의 맑은 가을 아침이 쌀쌀하다(塞上清秋早寒)"라는 구절이 유명하여 새상추(塞上秋)라고도 함.

* * *

双调 · 沉醉东风, 渔夫

黄芦岸白蘋渡口, 绿柳堤红蓼滩头。虽无刎颈交, 却有忘机友, 点秋江白鹭沙鸥。傲杀人间万户侯, 不识字烟波钓叟。

쌍조·침취동풍(双调·沉醉东风), 어부

누런 갈대 강 언덕과 하얀 개구리밥 나루터
푸른 버들 제방과 붉은 여뀌 모래사장
생사를 같이하는 벗(刎颈之交)[1]은 없다 해도
근심을 잊게 하는 친구 있으니
가을 강 위 점점이 백로와 갈매기들이라[2]
안개 자욱한 수면에서 낚시하는 일자무식 늙은이가
인간 세상 만호후(万户侯)[3]를 비웃는구나

1) 사기, 염포 인상여 열전(史记·廉颇蔺相如传)의 인용. B.C. 279
년 멘츠 회동(渑池会盟)에서 진(秦)나라가 조(赵)나라를 핍박하여
굴복시키려 하자 조나라 왕은 염포의 군사적 압박과 인상여의 화술
및 충성심 덕택으로 굴욕당하지 않고 무사히 귀국함. 조 왕은 인상
여를 상경(上卿)으로 임명함으로써 인상여의 지위가 염포보다 높
아지게 됨. 염포가 이에 불만을 품고 인상여를 만나면 크게 망신을
주리라 결심하고 인상여는 염포를 회피함. 인상여는 크게 실망한
자신의 문객(门客)들에게 "그대들은 진 왕과 염 장군 중 누가 더 위
험하다고 생각하는가? 나는 진 왕조차도 두려워하지 않는데 어찌
염 장군이 두려워서 피하겠는가? 진 왕이 지금 감히 침범하지 못하
는 것은 나와 염 장군이 문과 무로 조나라를 받들며 조 왕의 오른팔
과 왼팔이 되기 때문인데 내가 어찌 개인적인 작은 은원(恩怨)으로
인해 종사를 위험에 빠뜨리겠는가?"라고 대답함. 이 소식을 들은

염포는 크게 부끄러워하며 겉옷을 벗고 가시나무를 짊어진 채 인상
여에게 용서를 구하러 옴. 이후 두 사람은 생사를 같이하는 친구로
발전하여 한마음으로 조나라의 안녕을 위하여 노력함.

2) '열자, 황제(列子·黄帝)'의 고사 인용. "바닷새를 좋아하는 사람이
있어 매일 아침 바다에서 새와 놀곤 하였는데 새 떼가 그에게 와 떠
날 줄 몰랐다. 어느 날 그의 아버지가 바닷새를 잡아 오라 하여 바
다에 나갔더니 바닷새들이 거리를 두고 다가오지 않았다." 여기에
서 구로망기(鸥鹭忘机, 교활한 생각이 없으면 다른 부류와도 친해
진다)라는 말이 생김.

3) 한(汉)나라 때 만호식읍(万户食邑)의 후작(侯爵). 고관 귀족을 의미
하게 됨.

▶백복이 만년에 진릉에 거하면서 쓴 작품. 조명도(赵明道)가 쓴
것이라는 설도 있음.

침취동풍(沉醉东风)은 남송 초기에 곡조가 이미 형성되었으나 문
학작품으로 활발하게 나타난 것은 원나라 때이며 관한경(关汉卿)의
작품 활동으로 중요한 발전을 이루게 됨.

왕휘(王恽, 1226~1304年)

자는 중모(仲谋), 애칭을 추간(秋涧)이라 하였으며 웨이저우 지현(卫州汲县, 지금의 허난 소재) 사람. 원호문의 제자이며 관직이 한림학사(翰林学士), 가의대부(嘉议大夫) 등에 이름. 추간선생 대전문집(秋涧先生大全文集)이 있고 소령 41수가 전함.

正宫 · 黑漆弩, 游金山寺

邻曲子严伯昌, 尝以《黑漆弩》侑酒。省郎仲先谓余曰:"词虽佳, 曲名似未雅。若就以'江南烟雨'目之何如?"予曰:"昔东坡作《念奴》曲, 后人爱之, 易其名为《醉江月》, 其谁曰不然?"仲先因请余效颦。遂追赋《游金山寺》一阕, 倚其声而歌之。昔汉儒家畜声伎, 唐人例有音学。而今之乐府, 用力多而难为工, 纵使有成, 未免笔墨劝淫为侠耳。渠辈年少气锐, 渊源正学, 不致费日力于此也。其词曰:

苍波万顷孤岑矗, 是一片水面上天竺。金鳌头满咽三杯, 吸尽江山浓绿。蛟龙虑恐下燃犀, 风起浪翻如屋。任夕阳归棹纵横, 待偿我平生不足。

정궁·흑칠노(正宮·黑漆弩), 진산사(金山寺)¹⁾에 놀러 가다

엄백창(严伯昌)이 옆에서 흑칠노를 부르면서 술을 권하였다. 중서성랑중(中书省郎中) 중선(仲先)이 나에게 "사(词)는 훌륭한데 곡의 명칭이 덜 멋있는 것 같네. '강남연우(江南烟雨)'를 빌려 쓰면 어떻겠는가?"라고 하기에 나는 "일찍이 소동파가 '염노교(念奴娇)'를 짓자 후세 사람들이 애창하면서 제목을 '뇌강월(酹江月)'이라고 바꾸었는데 안 된다고 한 사람이 어디 있는가?"하고 대답하였다. 중선이 흉내를 내보라고 청하길래 '진산사에 놀러 가다(游金山寺)' 한 수를 쓰고 흑칠노의 곡에 맞추어 노래를 불렀다. 옛날 한(汉)나라의 사대부들은 집에서 가기를 양성하였고 당나라 사람들도 음 공부에 열심이었다. 그런데 지금의 악부는 애를 많이 씀에도 불구하고 경지에 이르는 것이 드물고 설혹 작품을 만든다 해도 문장이 음란한 것을 잘된 것으로 여기고 있다. 그럼에도 이 친구들은 젊고 예리하여 올바른 학문을 계승하고 이러한 흐름에 편승하여 시간과 노력을 허비하지 않는다. 내가 쓴 사는 다음과 같다.

만경창파(万顷苍波) 가운데 우뚝 솟은 외로운 봉우리
넓은 수면 위로 튀어나온 상톈주(上天竺)²⁾로구나
진아오봉(金鳌蜂)³⁾에서 석 잔 가득히 비우고
강산의 짙은 녹색을 깊이 들이쉬었네
교룡이 무소뿔에 불붙이는 것을 두려워해⁴⁾
바람을 일으키더니 집채만 한 파도를 뒤집는구나

저녁 해에 의지하여 종횡으로 노 저으며 돌아오는 길
평생을 누려도 부족할 따름이라

1) 장쑤성 전장시(江苏省镇江市) 서북쪽의 진산(金山)에 있으며 장톈
   사(江天寺)라고도 부름.
2) 원래 진산(金山)은 창장 가운데 있었으나 세월이 흐르면서 토사가
   침적되어 청나라 강희(清康熙) 연간에는 남쪽 강변과 접하게 되었
   음. 상톈주는 항저우 링인산(灵隐山)에 있는 절.
3) 진산(金山)에서 가장 높은 봉우리.
4) 무소뿔에 불을 붙이고 물속을 밝히면 용궁을 찾을 수 있다고 생각
   했음.

▶왕휘는 1290년(세조 지원 27년) 겨울 푸젠 민하이다오(福建闽
海道) 제형안찰사(提刑按察使)를 지내다가 북쪽으로 돌아오던 중
진산사(金山寺)를 유람하게 됨. 소식(苏轼)이 '유진산사(游金山寺)'
를 썼기 때문에 같은 제목으로 이 소령(小令)을 지음.
　흑칠노(黑漆弩)는 소령에 많이 사용된 곡패. 앵무곡(鹦鹉曲), 학
사음(学士吟), 강남연우(江南烟雨)라고도 함.

호지휼(胡祗遹, 1227~1295年)

자는 소개(绍开) 또는 소문(绍闻), 호는 자산(紫山)이며
츠저우 우안(磁州武安, 지금의 허베이 소재) 사람. 응봉한
림문자(应奉翰林文字) 겸 태상박사(太常博士)를 지냈으나
권력층을 거슬러 타이위안 치중(太原路治中)으로 전출되
었다가 이후 허둥산시도 제형안찰부사(河东山西道提刑按
察副使), 강남저시도 제형안찰사(江南浙西道提刑按察使)
등을 역임함. 자산 대전집(紫山大全集)이 있고 전원산곡
(全元散曲)에 소령 11수가 수록됨.

双调 · 沉醉东风

渔得鱼心满意足, 樵得樵眼笑眉舒。一个罢了钓竿,
一个收了斤斧, 林泉下偶然相遇, 是两个不识字的渔樵
士大夫。他两个笑加加的谈今论古。

쌍조·침취동풍

어부가 물고기를 낚고선 심히 만족해하며
나무꾼이 땔나무를 하고는 기분이 날아갈 듯하여
한 사람은 낚싯대를 걷고 한 사람은 도끼를 거두네
나무 밑 샘에서 우연히 서로 만나니

둘 다 글 모르는 어초(漁樵) 사대부라
서로 크게 웃으며 시대를 논하는구나

▶ 원래 이 시는 두 수였으나 제1수는 소실되고 제2수만 남았음.
공명을 위해 수단과 방법을 가리지 않는 관직 사회에 염증을 느끼던
중 어촌 마을을 지나면서 이 시를 씀.

노지(卢挚, 약1243~1315年)

자는 처도(处道) 또는 신노(莘老), 호는 소재(疏斋)이며 쥐저우(涿州, 허베이 쥐현 쥐저우진涿县涿州镇) 사람. 세조 지원(至元) 때 진사 급제하고 한림학사에 이름. 유인(刘因), 요수(姚燧)와 시문으로 명성을 얻어 유노(刘卢), 요노(姚卢)라고 불림. 전원산곡(全元散曲)에 소령 120수가 수록됨.

双调 · 寿阳曲, 别珠帘秀

才欢悦, 早间别, 痛煞煞好难割舍。画船儿载将春去也, 空留下半江明月。

쌍조·수양곡(双调·寿阳曲), 주렴수(珠帘秀)와 헤어지며

행복을 느끼자마자
이렇게도 빨리 이별해야 하네
가슴이 아파 헤어지기 어려워라
예쁜 배는 봄마저 싣고 가버리니
밝은 달이 강 절반에만 공허하게 남았네

双调·寿阳曲, 夜忆

窗间月, 檐外铁, 这凄凉对谁分说。剔银灯欲将心事写, 长吁气把灯吹灭。

쌍조·수양곡(双调·寿阳曲), 밤의 소회

창문 사이로 비치는 달빛
처마 밑에 풍경이 달랑거리네
이렇게 처량한 마음 누구에게 호소할까
은등(银灯)1)을 밝혀 시름을 적으려다
길게 한숨짓고 등불을 훅 불어 버렸네

1) 주석 등. 은처럼 하얗게 빛이 나서 은등이라고 불렀음.

▶노지가 당시 잡극의 독보적인 예인이었던 주렴수(朱帘秀)와 짧은 교제를 끝내고 쓴 이별사.

수양곡(寿阳曲)은 극곡(剧曲), 투수 및 소령에 사용되던 곡조로 낙매풍(落梅风), 낙매인(落梅引)이라고도 함.

* * *

双调 · 殿前欢 其一

酒杯浓，一葫芦春色醉山翁，一葫芦酒压花梢重。随
我奚童，葫芦乾兴不穷。谁与共。一带青山送。乘风列
子，列子乘风。

쌍조·전전환(双调·殿前欢) 제1수

잔 속 술 향기 진하도다
호리병 속 춘색(春色)[1]이 산 늙은이(山翁)[2]를 취하게 하네
술병 걸린 꽃나무 가지가 힘겨워하는구나
서동(书童)도 덩달아 나를 따르니
호리병은 비었건만 흥은 마르지 않네
돌아가는 길 누구와 함께할까
뭇 청산이 배웅하니
바람을 탄 열자(列子)[3]로다
열자가 바람을 타고 가네

1) 송나라 때 안정군왕(安定郡王)이 감귤로 술을 빚고 둥팅춘색(洞庭
   春色)이라고 부름.
2) 산간(山简, 자는 계륜季伦)을 가리키며 진(晋)나라 때 샹양(襄阳)에
   서 주둔하며 술을 좋아해서 외출만 하면 술에 취해 돌아옴.
3) 전국시대 정(郑)나라 사람 열어구(列御寇). 도가의 경전인 열자(列
   子) 8편을 지었다고 전해지며 장자 소요유(庄子·逍遥游)에서 바람

을 타고 다녔다고 기록함.

双调 · 殿前欢 其二

酒新篘，一葫芦春醉海棠洲，一葫芦未饮香先透。俯仰糟丘，傲人间万户侯。重酣后，梦景皆虚谬。庄周北蝶，蝶化庄周。

쌍조·전전환(双调·殿前欢) 제2수

막 빚어낸 술을 담은 그릇
해당화 핀 모래톱에서 봄 한 병에 취하니
호리병 하나 비우기도 전에 향기에 먼저 물들었네
술지게미 언덕을 바라보며
인간 세상 만호후(万户侯)를 비웃노라
잔뜩 취하고 나면
꿈같은 세상 모두 허무해지네
장주(庄周)가 나비로 된 것이냐
나비가 장주로 된 것이냐

▶노지는 원나라 초기의 고관으로 안빈낙도를 소망하는 작품을 많이 씀. 옛 문인들은 술을 빌려 심경을 술회하는 경우가 많아 술을

'시 낚는 갈고리'라고 불렀음. 이 시도 노지가 취기에 편승하여 꾸밈 없이 쓴 작품.

전전환(殿前欢)은 극곡, 투수 및 소령에 많이 사용된 곡 이름. 봉장추(凤将雏), 봉인추(凤引雏), 연인추(燕引雏), 소부해아(小妇孩儿)라고도 함.

* * *

双调 · 蟾宫曲, 劝世

想人生七十犹稀, 百岁光阴, 先过了三十。七十年间, 十岁顽童, 十载尫羸。五十年除分昼黑, 刚分得一半儿白日。风雨相催, 兔走乌飞。子细沉吟, 不都如快活了便宜。

쌍조·섬궁곡(双调·蟾宫曲), 인생에 권한다

생각하면 인생 칠십 오히려 드무니
백 년 세월 중
삼십은 잘라먹은 것이라
칠십 년 중에
처음 십 년은 철모르는 개구쟁이
나중 십 년은 병들어 골골하는데
남은 오십 년도 밤낮 반으로 나누어져

겨우 절반만 밝은 해를 누릴 수 있네

비와 바람이 서로 독촉하며

토끼는 달리고 까마귀 나는구나[1]

곰곰이 생각하고 새겨야 하리니

기분 따라 즐거운 것이 모두 득 되는 것은 아니라

1) 태양에는 금 까마귀가 있고 달에는 옥토끼가 있다는 전설에서 해와
   달이 교대하면서 세월이 빨리 흐르는 것을 "토끼가 달리고 까마귀
   는 난다."라고 하게 되었음.

▶섬궁곡(蟾宮曲)은 쌍조에서 항상 사용되는 곡으로 당, 송 때의
사패가 변화를 겪어 유래됨.

섬궁은 중국 고대신화에서 신선이 상아를 위해 달에 건설한 궁전
으로 광한궁(广寒宫)이라고도 함. 우주의 신령한 두꺼비를 변신시켜
만들었다고 하여 붙은 이름이며 고대 달빛의 글말로 쓰임.

* * *

双调 · 蟾宫曲, 丽华

叹南朝六代倾危, 结绮临春, 今已成灰。惟有台城,
挂残阳水绕山围。胭脂井金陵草萋, 后庭空玉树花
飞。燕舞莺啼, 王谢堂前, 待得春归。

쌍조·섬궁곡(双调·蟾宫曲), 려화(丽华)

무너진 남조 육 대(南朝六代)[1]를 탄식하네
결기(结绮)와 임춘(临春)은
벌써 먼지로 변하였고
오직 대성(台城)[2]만 남아
강이 산을 감고 도는 곳에 지는 해 걸렸구나.
진링(金陵)의 연지 우물(胭脂井)[3] 풀만 우거지고
뒷 정원에는 옥수화(玉树花)[4]가 흩날리네
춤추는 제비 노래하는 꾀꼬리들
왕사(王谢)[5] 저택 앞에서
봄 돌아오기를 기다린다

1) 삼국시대 오(吳)나라 및 동진(东晋), 남조의 송(宋), 제(齐), 양(梁), 진(陈). 모두 젠캉(健康, 지금의 장쑤 난징江苏南京)을 도읍으로 하였음.
2) 육조의 군주들이 거주했던 곳. 난징 지밍산(鸡鸣山) 북쪽에 있었음.
3) 진(陈)나라 경양궁(景阳宫) 안에 있던 경양정(景阳井). 수치의 우물(辱井)이라고도 하는데 수(隋)나라 군대가 쳐들어왔을 때 진 후주(陈后主)가 장려화(张丽华)와 함께 이 우물 안에 숨어 있다가 발각되어 죽임을 당하였음.
4) 진 후주가 지은 '옥수후정화(玉树后庭花)'가 너무 화려하면서도 애절하여 망국의 음(亡国之音)이라 불리었던 것의 은유.
5) 왕(王), 사(谢)는 동진(东晋)의 양대 권문세가.

▶진 후주는 임춘(临春), 결기(结绮), 망산(望仙) 3개의 누각을 짓고 자신은 임춘(临春)에 거주하고 총애하던 비 장려화는 결기(结绮)에 있게 하면서 수시로 연회를 열곤 하였음.

* * *

双调·蟾宫曲

沙三伴哥来嗏。两腿青泥, 只为捞虾。太公庄上, 杨柳阴中, 磕破西瓜。小二哥昔涎剌塔, 碌轴上湥着个琵琶。看荞麦开花, 绿豆生芽。无是无非, 快活煞庄家。

쌍조·섬궁곡(双调·蟾宫曲)

촌놈 둘(沙三伴哥)[1] 왔는가
새우를 건지느라
양 허벅지가 푸르죽죽 진흙투성이 되었네
부잣집 밭으로 들어가선
버드나무 그늘에서
수박 통을 깨뜨리는구나
옆에 있던 총각 침을 석 자나 흘리는 것이
연자 맷돌 위에 엎어 놓은 비파 모양이로다
메밀은 꽃이 터지고
녹두는 싹을 틔웠네

옳은 것도 그른 것도 없는
농촌에서의 삶 경쾌하기 그지없어라

1) 농촌의 투박하고 덤벙거리는 교양 없는 젊은이를 원곡에서는 사삼
(沙三), 반가(伴哥)라고 불렀음.

▶노지(卢挚)가 주로 활동했던 세조 지원(至元, 1264~1294년)
과 성종 대덕(成宗大德, 1297~1307년)의 기간은 원나라의 경제가
비약적으로 발전하여 번영을 누리던 시기였음. 이 소령은 대덕(大德)
초년의 작품으로 보이는데 노지에게는 허난과 량후(两湖, 후난과 후
베이)에서 관직을 지내며 요수(姚燧) 및 요수를 따르던 유지원(刘致
远)과 친밀하게 왕래할 때가 가장 마음이 편안할 때였음.

주렴수(珠帘秀, 생몰연대 불상)

본명은 주렴수(朱帘秀)이며 잡극 단원으로 후배 예능인들에게 주랑랑(朱娘娘)이라는 존칭으로 불림. 양저우(扬州)에서 극단 생활을 시작하였으며 이후 첸탕도사 홍단곡(钱塘道士洪丹谷)에게 시집갔다가 만년에는 항저우(杭州)에서 생을 마침. 소령과 투수 각각 1수씩 전함.

双调 · 寿阳曲, 答卢疏斋

山无数, 烟万缕。憔悴煞玉堂人物。倚篷窗一身儿活受苦, 恨不得随大江东去。

쌍조·수양곡(双调·寿阳曲), 노소재(卢疏斋)에게 답하다

산은 헤아릴 수 없고
안개는 자욱하네
옥당의 사내(玉堂人物)는 얼마나 초췌해졌을까[1]
돛단배 창에 기댄 몸[2] 살아도 사는 게 아닐세
큰 강에 맡겨서 동쪽으로 가지 못함이 한스러워라

1) 옥당(玉堂)은 한림원의 별칭. 노지가 한림학사 승지(翰林学士承旨)를 지냈으므로 옥당의 사내라 부름. 노지는 '수양곡(寿阳曲), 주

렴수(珠帘秀)와 헤어지며' 중에서 "가슴이 아파 헤어지기 어려워라 (痛煞煞好难割舍)"라고 함.

2) 주렴수가 떠나는 장면을 노지는 "예쁜 배는 봄마저 싣고 가버리니 (画船儿载将春去也)"라고 노래함.

▶제목의 소재(疏斋)는 노지의 호. 주렴수(珠帘秀)와 노지(卢挚)가 헤어질 때 노지는 강변까지 송별하러 가서 '수양곡, 주렴수와 헤어지며(寿阳曲·别珠帘秀)'를 씀. 이 시가 어떤 형태로든 주렴수에게 전달되었고 주렴수가 답신을 써 보낸 것으로 추정.

요수(姚燧, 1239~1314年)

자는 단보(端甫), 호는 목암(牧庵)이며 선대 때에 류청(柳城)에 살다가 뤄양(洛阳)으로 이주. 태자소부(太子少傅), 한림학사 승지(翰林学士承旨) 등을 지냄. 청나라 때 목암집(牧庵集)이 편찬됨. 투수 1수와 소령 29수가 남아있음.

中吕 · 满庭芳

天风海涛, 昔人曾此, 酒圣诗豪。我到此闲登眺, 日远天高。山接水茫茫渺渺, 水连天隐隐迢迢。供吟笑。功名事了, 不待老僧招。

중려·만정방(中吕·满庭芳)

하늘에는 구름 바다에는 파도로구나
옛사람 이미 다녀갔으니
술 성현(酒圣)[1]과 시 호걸(诗豪)[2]이라
나 또한 이곳에 올라와 한가로이 바라보니
해는 멀고 하늘은 높구나
산과 물이 맞붙어 광대무변하고
물과 하늘이 맞닿아 경계가 모호하네
더불어 시를 읊으며 웃으리라

공명은 바랄 것 아니니

노승이 오라는 것 기다리지 않으리

1) 유령(刘伶, 자는 백륜伯伦)을 가리킴. 유령은 죽림칠현 중의 한 사람으로 술을 좋아해서 '주덕송(酒德颂)'을 지었으며 봉건 예절을 무시하고 자유롭게 사는 것을 추구함.

2) 유우석(刘禹锡)을 가리킴. '당서, 유우석전'에 "유우석은 원래 시를 잘 썼는데 만년에 이를수록 더욱 정교해졌다. 툭하면 백거이(白居易)와 술을 마셨으며 백거이가 시 호걸이라고 추켜세우곤 했다."라고 기록됨.

▶1301년(성종 대덕 5년)에 요수는 이미 환갑의 나이에 강동 염방사(江东廉访使)에 임명되어 이후 7~8년간 강남 각지를 다님. 이 곡은 이 시기의 작품.

만정방(满庭芳)은 투수, 소령에 사용되던 곡조. 송사에도 같은 이름의 사패가 많이 유행하였으나 원곡의 곡패와는 상이함. 정원 가득한 화초를 노래한 당시에서 제목을 추출한 것으로 보임.

* * *

中吕 · 阳春曲

笔头风月时时过, 眼底儿曹渐渐多。有人问我事如何, 人海阔, 无日不风波。

중려·양춘곡(中吕·阳春曲)

청풍명월 글쓰기 총총히 지나가고
눈 아래 애들은 점점 늘어나네
내 사정이 어떤지 묻는 사람 있구나
"인간 세상 바다는 거칠어서
 바람 파도 없는 날이 없다네"

▶요수는 높은 벼슬과 많은 녹봉을 누렸지만, 관직 사회의 부침과
풍파를 직접 경험함. 사회 상층부에서의 배척과 알력을 겪으면서 느
낀 심리적 갈등을 서술함.

* * *

中吕 · 醉高歌, 感怀 其一

十年燕月歌声, 几点吴霜鬓影。西风吹起鲈鱼兴, 已
在桑榆晚景。

중려·취고가(中吕·醉高歌), 감회 제1수

연(燕)에서 달을 보며 노래를 불렀던 십 년[1]
귀밑머리엔 오(吴)의 서리가 점점이 비치네

서풍이 불어 농어 생각 간절한데[2)]
뽕나무 느릅나무엔 이미 저녁해가 걸렸구나

1) 전국시대 형가(荊軻)의 고사를 인용. 형가는 술을 좋아하여 대낮부
   터 고점리(高漸离)와 옌스(燕市, 연나라의 수도)에서 술을 마심. 술
   에 취하면 고점리가 축(筑, 거문고 비슷한 현악기)을 타고 형가는
   노래를 부르며 길거리에서 웃다 울다 방약무인하였다고 함. 수도
   다두(大都)에서의 자유분방한 생활을 의미.
2) 서진(西晋) 장한(張翰, 자는 계응季鷹)의 고사를 인용. 장한은 뤄양
   에서 가을바람이 부는 것을 보고 고향(우쥔 우현吴郡吴县, 지금의
   쑤저우)의 순챗국과 농어회가 생각나 벼슬을 그만두고 돌아감.

中吕·醉高歌, 感怀 其三

荣枯枕上三更, 傀儡场头四并。人生幻化如泡影,
那个临危自省。

중려·취고가(中吕·醉高歌), 감회 제3수

무성함과 시듦이 베갯머리 삼경이요
좋은 시절 즐거움은 사각 인형 극장의 일이라
인생 사그라짐이 물거품 같구나
위험 닥치기 전 깨닫는 이 누구일까

中呂·醉高歌, 感怀 其五

岸边烟柳苍苍, 江上寒波漾漾。阳关旧曲低低唱, 只恐行人断肠。

중려·취고가(中吕·醉高歌), 감회 제5수

기슭엔 안개 덮인 버드나무 무성하고
강 위엔 차가운 파도 출렁거리네
양관(阳关) 옛 노래 나지막이 부르는 소리
떠나는 이 애간장 찢어질까 두려워라

中呂·醉高歌, 感怀 其七

十年书剑长吁, 一曲琵琶暗许。月明江上别溢浦, 愁听兰舟夜雨。

중려·취고가(中吕·醉高歌), 감회 제7수

책 들고 칼 찬 채 떠돈 십 년을 탄식하네
가만히 허락했던 비파행(琵琶行) 한 곡[1]
밝은 달빛 비치는 강 펀푸(溢浦)[2]를 떠나니

목란 배에서 듣는 밤빗소리 처량하다

1) 백거이의 비파행(琵琶行) 중 "거절하지 말고 앉아서 한 곡 더 타 주시
   오. 그댈 위해 비파행 한 수 지으리다(莫辭更坐弾一曲, 为君翻作琵
   琶行。)"의 인용. 백거이는 시 중에서 비파를 타던 여인과 동병상련의
   감정을 서술하였는데 원나라 때 이르러서는 이야기가 서로의 사랑으
   로 발전하고 마침내 결혼에 이르는 내용의 극이 유행하였음.
2) 장시 주장(江西九江) 서쪽 펀수이(湓水)가 창장(长江)으로 흘러 들
   어가는 곳.

▶요수가 70세에 이르렀을 때의 작품. 1301년(성종 대덕 5년) 강
동 염방사(江东廉访使)로 부임했을 때는 이미 환갑의 나이로 북방과
남방을 전전하며 만나고 헤어지는 고달픔으로 인해 관직 생활에 염증
을 느끼고 있었음. 1305년 장시행성 참지정사(江西行省参知政事)
를 맡게 되어 주장(九江)을 순시한 다음 이 시를 쓰게 됨.
  취고가(醉高歌)는 요수가 작곡한 곡으로 극곡(剧曲)과 투수, 소령
에 많이 사용됨. 총 8수를 씀.

진초암(陈草庵, 1245~1320年?)

　이름은 영(英), 자는 언경(彦卿)이며 초암(草庵)은 호임. 시진(析津, 지금의 베이징 서남쪽 지역) 사람. 찬선대부(赞善大夫), 중서성 좌승(中书省左丞) 등을 역임. 소령 26수가 남아 있음.

中吕 · 山坡羊, 叹世 其十六

　晨鸡初叫, 昏鸦争噪, 那个不去红尘闹。路遥遥, 水迢迢, 功名尽在长安道, 今日少年明日老。山, 依旧好; 人, 憔悴了。

중려·산파양(中吕·山坡羊), 세태를 탄식함 제16수

　새벽부터 닭 울기 시작하고
　황혼까지 까마귀 소란을 떨어도
　붉은 흙먼지 번잡한 곳에는 가지 않으리
　길은 아득히 멀고
　물은 까마득한데
　장안 가는 길엔 공명 구하는 사람들뿐
　오늘은 소년이나 내일은 노인이라
　산

변함없이 아름다운데
사람
이미 초췌해졌네

中呂 · 山坡羊, 叹世 其二十

江山如画，茅檐低凹。妻蚕女织儿耕稼。务桑麻，捕鱼是，渔樵见了无别话，三国鼎分牛继马。兴，也任他；亡，也任他。

중려·산파양(中呂·山坡羊), 세태를 탄식함 제20수

강산은 그림 같고
오두막은 낮고 움푹하네
아내는 누에 치고 딸은 베를 짜며 아들은 밭을 가는
농사에 힘쓰고
물고기 잡는 생활
어부와 나무꾼들에겐 이별 이야기가 없구나
삼국이 정립하고 소가 말과 이어졌네[1]
흥하는 것
나와 상관없고
망하는 것
나와 상관없다

1) 동한(东汉)이 멸망하고 천하가 위, 촉, 오(魏蜀吴) 3국으로 나누어
   진 것을 삼국정립(三国鼎立)이라고 함. 사마(司马) 씨가 세운 서진
   (西晋)이 망한 뒤 남쪽에서 동진(晋王)을 일으킨 원제(元帝)는 어머
   니가 우(牛) 씨 성의 하급 관리와 정을 통해 낳았음.

中吕 · 山坡羊, 叹世 其二十二

　渊明图醉, 陈抟贪睡, 此时人不解当时意。志相违,
事难随, 由他醉者由他睡。今朝世态非昨日。贤, 也任
你; 愚, 也任你。

중려·산파양(中吕·山坡羊), 세태를 탄식함 제22수

연명(渊明)은 취하기를 도모하고[1]
진단(陈抟)은 자는 것을 탐하였네[2]
지금 사람들은 그때의 의미를 깨닫지 못하리
뜻은 다르고
일은 이루기 어려우니
한 사람은 취하고 한 사람은 잠들었지
오늘의 세태는 어제와 다르도다
현명하게 살려는가
그대 알아서 하고
어리석게 살려는가

그대 알아서 할 일이네

1) 도연명은 펑쩌령(彭泽令)을 마지막으로 귀거래사(归去来辞)를 쓰고 은퇴한 뒤 시와 술에 탐닉하며 안빈낙도의 삶을 추구함.
2) 후당(后唐) 때 진단(陈抟)은 실의하여 우당산(五当山)과 화산(华山)에서 은거하며 도학을 공부하였는데 한번 잠이 들면 백여 일을 깨지 않았다고 함.

▶진초암(陈草庵)이 쓴 중려 산파양(中吕·山坡羊) 스물여섯 수 중 세 수.

산파양(山坡羊)은 장가구(张可久)가 정체를 확립한 곡조. 산파리양(山坡里羊), 소무지절(苏武持节)이라고도 부름. 산파양은 원래 한나라의 소무와 무관하나 원나라 때의 작가들이 옛 시절을 그리워하는 마음과 암담한 현실에 대한 한탄을 반영하여 북방의 흉노에 억류되어 양 치는 일을 하며 갖은 핍박과 회유를 받으면서도 조국에 대한 절개를 버리지 않은 소무의 고사를 빌려 소무지절이라는 곡패명을 붙임.

오돈주경(奥敦周卿, 생몰연대 불상)

　여진인(女真人), 이름은 희로(希鲁)이며 자는 주경(周卿), 호는 죽암(竹庵). 1269년(세조 지원 6년) 화이명로 총관부 판관(怀孟路 总管府判官, 화이명로는 지금의 허난에 소재) 을 시작으로 여러 관직을 거쳐 시어사(侍御史)까지 지냄.

　双调 · 蟾宫曲, 咏西湖 其一

　西山雨退云收, 缥缈楼台, 隐隐汀洲。湖水湖烟, 画船款棹, 妙舞轻讴。野猿搦丹青画手, 沙鸥看皓齿明眸。阆苑神州, 谢安曾游。更比东山, 倒大风流。

쌍조·섬궁곡(双调· 蟾宫曲), 시후를 노래함 제1수

시산(西山)에 비 물러가고 구름 걷히니
누대 가물가물 보이고
작은 섬 어렴풋하구나
안개 짙게 낀 호수를
천천히 노 저어 가는 놀잇배엔
우아한 춤과 경쾌한 노랫소리
들 원숭이는 단청[1] 화가를 붙잡고
물새는 아름다운 여인(皓齿明眸)[2]을 넋 놓고 바라보네

아름다운 강산 신선이 사는 곳(阆苑神州)³⁾이로다
일찍이 사안(谢安)⁴⁾이 놀다 갔으니
둥산(东山)⁵⁾에 어찌 비하랴
풍류 지극하지 아니한가

1) 중국 고대 회화에서 항상 사용하는 색인 단사(丹砂)와 청체(青体).
   그림을 의미하는 단어가 됨.
2) 삼국시대 위(魏) 나라 조식(曹植)이 '낙신부(洛神赋)에서 "붉은 입
   술 뚜렷하고 하얀 이 선명하며 맑은 눈동자 곁눈질하네(丹唇外朗,
   皓齿内鲜, 明眸善睐。)"라고 한 뒤 하얀 이 맑은 눈동자(皓齿明眸)
   가 아름다운 여인을 뜻하게 됨.
3) 낭원(阆苑)은 신선이 거주하는 전설상의 지역이며 신주(神州)는 중
   국의 별칭이나 여기서는 시후를 가리킴.
4) 동진(东晋)의 재상. 고위층의 미움을 받아 광링(广陵, 지금의 장쑤
   양저우扬州)로 전출됨.
5) 저장 상두현(上度县) 서남쪽에 있는 산. 사안이 한때 은거하였음.

双调 · 蟾宫曲, 咏西湖 其二

　　西湖烟水茫茫, 百顷风潭, 十里荷香。宜雨宜晴, 宜西
施淡抹浓妆。尾尾相衔画舫, 尽欢声无日不笙簧。春暖
花香, 岁稔时康。真乃"上有天堂, 下有苏杭。

쌍조·섬궁곡(双调·蟾宫曲), 시후를 노래함 제2수

망망한 시후(西湖)의 안개 낀 수면
백경(百顷)[1] 깊은 호수에 바람이 불어
사방 십 리 연꽃 향기로다[2]
비가 오든 날이 개든
옅은 분칠 짙은 화장 서시(西施) 같구나
놀잇배 꼬리에 꼬리를 물었고
종일 환호하며 생황 타지 않는 날이 없어라
따뜻한 봄꽃 향기
해마다 풍년이요 시절은 평안하니
진실로 "하늘에는 천당 땅에는 쑤저우 항저우"일세

1) 1경(顷)은 2만여 평.
2) 유영(柳永)의 '망해조, 동남쪽 빼어난 지세(望海潮·东南形胜)' 중
"가을의 셋째 달 물푸레 꽃향기 날리고, 사방 십 리 연꽃 만발하네
(有三秋桂子, 十里荷花。)"를 인용.

▶오돈주경(奥敦周卿)은 북방에서 성장하면서 어릴 때부터 유영
의 사에 심취하여 시후에 가보는 것을 평생소원으로 삼았음. 1271년
화이밍로 총관부 판관에서 허베이 허난도 제형안찰사 첨사(河北南
道提刑按察使佥事)로 이동하게 되자 항저우 일대를 유람하기 위해
반년 휴가를 신청함. 안찰사는 휴가를 허락하며 "시후의 풍경을 나
에게 가져오는 것 잊지 말게."라고 말함.

관한경(关汉卿, 생몰연대 불상)

마치원(马致远), 정광조(郑光祖), 백복(白朴)과 더불어 원곡 4대가로 일컬어짐. 금나라 유민으로 원나라 때 벼슬을 하지 않음. 잡극(杂剧) 60여 종을 지었으나 13종이 전하고, 산곡 10여 수, 소령 50여 수가 있음.

双调 · 大德歌, 春

子规啼, 不如归。道是春归人未归。几日添憔悴, 虚飘飘柳絮飞。一春鱼雁无消息, 则见双燕斗衔泥。

쌍조·대덕가(双调·大德歌) 봄

두견새 울부짖는구나
"뿌루꾸이취[1]"
봄에 돌아오겠다던 사람은 아직도 오지 않아
요 며칠간 부쩍 더 야위어졌네
흩날리는 버들개지 종잡을 수 없건만
봄이 다 가도록 물고기 기러기는 소식도 없고[2]
쌍쌍이 제비 앞다투어 진흙 물어 나르네

1) 중국 사람들이 느끼는 두견새 우는소리. 돌아가느니만 못하다는 의미.

2) 기러기와 잉어가 편지를 전해준다는 전설이 있었음.

双调 · 大德歌, 夏

俏冤家, 在天涯。偏那里绿杨堪系马。困坐南窗下, 数对清风想念他。蛾眉淡了教谁画, 瘦岩岩羞带石榴花。

쌍조·대덕가(双调·大德歌) 여름

원수 같은 인간은
아득히 먼 곳에서
푸른 버들에 말을 매어 놓은 걸까
남쪽 창문 아래 맥없이 앉아
선선한 바람 불 때마다 그이가 그리워지네
예쁜 눈썹 옅어지면 누구에게 그려 달라 하나[1]
앙상한 몰골 석류꽃 꽂기가 부끄러워라

1) 한(汉)나라 때 경조윤 장창(张敞)이 아내를 위해 매일 눈썹을 그려
   주었다는 고사의 인용.

双调 · 大德歌, 秋

风飘飘, 雨潇潇, 便做陈抟睡不着。懊恼伤怀抱, 扑
簌簌泪点抛。秋蝉儿噪罢寒蛩儿叫, 渐零零细雨打芭
蕉。

쌍조·대덕가(双调·大德歌) 가을

바람 산들산들 불고
비는 부슬부슬 내려
진단(陈抟)조차 잠들지 못하네
번민으로 인한 아픔 가슴에 가득하여
주르륵 눈물방울 떨어진다
시끄러운 가을 매미 조용해지니 귀뚜라미 울어대고
흩뿌리는 이슬비가 파초를 때리는구나

双调 · 大德歌, 冬

雪纷纷, 掩重门, 不由人不断魂, 瘦损江梅韵。那里
是清江江上村, 香闺里冷落谁瞅问。好一个憔悴的凭
栏人。

쌍조·대덕가(双调·大德歌) 겨울

눈이 펄펄 날려
겹겹 문을 꽁꽁 닫았더니
상심하지 않을 수 없어
수척한 모습 고운 자태 잃어버린 강매(江梅)[1] 같아라
칭장(清江) 강변 마을은 어디인가[2]
쓸쓸한 규방 누가 거들떠볼까
초췌해져 난간에 기댄 한 사람 있구나

1) 당 현종의 비. 원래 성은 강(江)이며 매화를 사랑하여 현종이 매비
   (梅妃)라는 이름을 내림.
2) 신기질(辛弃疾)의 '보살만, 장시 자오커우 벽에 쓰다(菩萨蛮·书江
   西造口壁)' 중 "욱고대 아래 흐르는 칭장의 물, 지나던 이들 얼마나
   많은 눈물을 섞었을까(郁孤台下清江水 , 中间多少行人泪)"를 인용
   하여 젊은 아내의 고독함과 비통함을 표현. 칭장(清江)은 간장(赣
   江)과 위안장(袁江)이 합류하는 지역. 욱고대 아래서 북으로 흘러
   자오커우를 경유하여 판양후(鄱阳湖)와 창장으로 유입됨.

▶대덕(大德)은 성종의 두 번째 연호. 따라서 이 곡은 1297~1307
년 연간의 작품으로 추정. 관한경은 대덕가(大德歌) 곡으로 소령 10
수를 썼으며 그중 춘, 하, 추, 동 4수가 모음곡임.

* * *

双调 · 大德歌, 双渐苏卿

绿杨堤, 画船儿, 正撞着一帆风赶上水。冯魁吃的
醺醺醉, 怎想着金山寺壁上诗。醒来不见多娇丽, 冷清
清空载月明归。

쌍조·대덕가(双调·大德歌) 쌍점(双渐)과 소경(苏卿)[1]

버드나무 푸르른 제방에 있던
꽃배
한 줄기 바람을 맞더니 물 위에 올라타네
거나하게 취한 풍괴(冯魁)
진산사(金山寺) 벽에 있는 시를 상상이나 하였으랴
깨어보니 아름다운 여인이 보이지 않아
하늘에 밝은 달 썰렁한 채 돌아가야만 했네

1) 송나라와 원나라 때 민간에 광범위하게 퍼져 있던 쌍점(双渐)과 소
   소경(苏小卿)의 이야기를 소재로 함. 루저우(庐州)의 기녀 소소경
   은 서생 쌍점과 사랑에 빠졌으나 쌍점이 관직을 구하러 떠난 뒤 오
   랫동안 돌아오지 않자 기생 어미가 장시(江西)의 차 상인 풍괴(冯
   魁)에게 소소경을 팔아 버림. 쌍점은 장원급제 후 린촨(临川) 현령
   으로 부임하여 소소경을 찾다가 그녀가 풍괴에게 팔려 간 것을 알
   고 배를 타고 좇아가 진산(金山)에서 소소경이 진산사의 벽에 남겨
   놓은 글을 본 뒤 밤을 새워 천 리를 더 달려가 마침내 위장성(豫章
   城)에서 그녀를 찾아 부부가 됨.

双调 · 大德歌, 李亚仙郑元和

郑元和, 受寂寞, 道是你无钱怎奈何。哥哥家缘破, 谁着你摇铜铃唱挽歌。因打亚仙门前过, 恰便是司马泪痕多。

쌍조·대덕가(双调·大德歌) 이아선(李亚仙)과 정원화(郑元和)[1]

의지할 곳 없는
정원화
무일푼이 되었으니 어떡할 거나
집안과 연은 끊어졌네
누가 너에게 구리 방울 흔들고 장송곡 부르게 하였는가
아선(亚仙)이 문 앞을 지나게 되니
숱한 눈물 자국 흡사 사마(司马) 같아라[2]

1) 서생 정원화와 기녀 이아선의 이야기를 소재로 한 작품. 정원화는
  아버지의 명령으로 과거에 응시하기 위해 상경하였다가 이아선을
  만나 사랑에 빠짐. 이후 정원화가 가진 돈이 다 떨어지자, 기생 어
  미에게 쫓겨나 오갈 데가 없어짐. 다행히 장의사가 그를 받아 장송
  곡 부르는 것을 가르침. 어느 날 장송곡 시합이 열려 정원화가 무대
  에 올랐는데 마침 아버지가 보게 됨. 분노한 아버지가 아들을 기절
  할 때까지 때린 다음 마을 바깥에 버림. 지나가던 거지가 그를 구해
  그는 거지가 됨. 우연한 기회에 이아선이 그를 알아보고 기생 어미
  의 방해를 무릅쓰고 집으로 데리고 와서 정성을 다하여 보필한 결

과 정원화는 장원급제하게 되고 이에 감동한 정원화의 아버지가 이아선을 며느리로 받아들임.
2) 백거이(白居易)의 '비파행(琵琶行)' 마지막 구절 "좌중에서 가장 많은 눈물 흘린 이 누구인가, 장저우 사마의 청삼이 축축해졌네(座中泣下谁最多。江州司马青衫湿。)"를 인용.

▶관한경이 쓴 쌍조·대덕가(双调·大德歌) 여섯 수 모음곡 중 제2, 3수.

* * *

中吕·普天乐, 崔张十六事 封书退贼

不念《法华经》, 不理《梁皇忏》, 贼人来至, 情理何堪。法聪待向前, 便把贼来探, 险把佳人遭坑陷, 消不得小书生一纸书缄。杜将军风威勇敢, 张秀才能书妙染, 孙飞虎好是羞惭。

중려·보천악(中吕·普天乐), 최(崔)와 장(张)의 열여섯 개 이야기 편지를 써 도적을 물리치다

법화경(法华经)을 읽지도 않고
양황참(梁皇忏)[1]도 무시해 버리는

도적 떼들이 닥쳤으니

쌓인 정을 어쩔 것이냐

법총(法聪)[2]이 있어 앞으로 나아갔으나

오히려 도적은 앵앵을 찾으려 하여

아름다운 여인 곤경에 빠지게 되고

서생은 어쩔 수 없이 편지 한 통을 써야 했네

위풍당당 용감무쌍 두 장군(杜将军)과

빼어난 천재 뛰어난 글솜씨 장생으로 인해

손비호(孙飞虎)는 톡톡히 창피를 당하고 말았네

1) 불심이 깊었던 양 무제(梁武帝)는 보지 선사(宝志禅师)를 비롯한 고승 10명을 모아 설법회를 개최하였는데 이를 양황보참(梁皇宝忏)이라고 함.

2) 당나라 때의 승려로 속세에서의 성은 매(梅). 쑤저우 창러사(常乐寺) 주지. 치샤사(栖霞寺)에서 화엄(华严), 열반(涅盘)을 강의할 때 학생이 300여 명에 이름. 호랑이들에게 삼귀계(三归戒, 부처와 불법, 스님에게 귀의함)를 가르쳐 백성에게 피해 주는 것을 금함.

中吕 · 普天乐, 崔张十六事 张生赴选

碧云天, 黄花地, 西风紧, 北雁南飞。恨相见难, 又早别离易。久已后虽然成佳配, 奈时间怎不悲啼! 我则厮守得一时半刻, 早松了金钏, 减了香肌。

중려·보천악(中吕·普天乐), 최(崔)와 장(张)의 열여섯 개 이야기 장생이 서울로 떠나다

푸른 하늘엔 구름이 흐르고
땅에는 노란 꽃 만발한 데
서풍이 거세게 불어
북쪽 기러기 남으로 난다
함께 있음이 이렇게 어려운가
벌써 또 헤어져야 하다니 이별이 너무 쉽구나
오랜 세월 흐른 뒤 좋은 짝이 된다 한들
그동안 슬픈 울음 참을 수 없음을 어떻게 하랴
그대에게 기대었던 찰나의 시간
손목의 금팔찌 헐렁해지고
피부의 윤기는 빛을 잃었네

▶ 왕실보(王实甫)가 원나라 원정(元贞), 대덕(大德) 연간 (1295~1307년)에 지은 잡극 "서상기(西厢记)"의 내용을 소재로 관한경이 16개의 연작곡을 만들었으며 여기 소개된 것은 5번째와 12번째 곡.

장생은 보구사(普救寺)에서 우연히 상국(相国)의 딸 최앵앵(崔莺莺)을 보고 한눈에 반하였으나 접근할 방법을 찾지 못하던 중 때마침 도적 두목 손비호(孙飞虎)가 군사들을 이끌고 절을 포위하여 최앵앵을 잡아서 부인으로 삼으려고 함. 장생은 최앵앵 어머니에게 혼인을 허락한다는 약속을 받고 친구인 백마(白马) 장군의 도움으로 위기를 벗어났으나 최앵앵의 어머니는 약속을 어기고 약혼을 파기함. 장생은 사랑으로 병이 나고 최앵앵도 마음으로는 장생을 사랑하였으나 이를 드러내지 못하고 고심하다 홍랑(红娘)의 도움으로 장생이 있는 곳으로 찾아가 밀회하게 됨. 최앵앵의 어머니가 이 사실을 알고 홍랑을 다그치다 오히려 홍랑에게 설득되어 장생의 과거 급제를 전제로 그들의 결혼을 허락함. 장생은 상경하여 과거 응시 결과 장원급제하였으나 최앵앵을 탐내던 정항(郑恒)이 장생은 이미 서울에서 결혼하였다는 거짓 소문을 퍼뜨리자 최앵앵의 어머니는 재차 약혼을 파기하고 딸을 정항에게 시집보내려 함. 이후 장생이 돌아오자, 정항은 나무에 부딪혀 자살하고 장생과 최앵앵은 마침내 결혼에 이르게 됨.

보천악은 황매우(黄梅雨)라고도 하며 북곡(北曲)에서는 중려궁(中吕宫)에 속하고 남곡(南曲)에서는 정궁(正宫)에 속함. 당나라의 연악 대곡(燕乐大曲) 중 보천악(普天乐), 제천악(齐天乐) 등이 많이 있어 유래를 짐작할 수 있음.

* * *

双调 · 沉醉东风 其一

咫尺的天南地北, 霎时间月缺花飞。手执着饯行杯, 眼阁着别离泪。刚道得声"保重将息", 痛煞煞教人舍不得。"好去者望前程万里。"

쌍조·침취동풍(双调·沉醉东风) 제1수

남쪽 하늘과 북쪽 땅이 이렇게 지척인가
삽시간에 달은 이지러지고 꽃잎 흩날리네
이별의 잔 꽉 잡은 채
눈에는 이별의 물방울 맺혔구나
"부디 몸조심하고 건강해야 해요" 한 마디 꺼내자마자
너무나도 깊은 미련 마음이 아파 견딜 수 없네
"얼른 가세요 하시는 일 순탄하길 바래요"

双调 · 沉醉东风 其二

忧则忧鸾孤凤单, 愁则愁月缺花残, 为则为俏冤家,
害则害谁曾惯, 瘦则瘦不似今番, 恨则恨孤帏绣衾寒,
怕则怕黄昏到老。

쌍조·침취동풍(双调·沉醉东风) 제2수

난새 봉황(鸾凤)[1] 홀로되어 근심이요
달 이지러지고 꽃 시들어[2] 마음이 슬프다
원수 같은 이를 위해 화장을 하였건만
그리움은 병이 되어 더욱 지치게 하니
여위어짐이 지금 같은 적이 없었었네

쓸쓸한 휘장 차가운 자수 이불 원망스럽고
늘그막에 황혼 지는 것 두려워지네

1) 난새와 봉황은 부부가 서로 사랑하며 화목하게 지내는 것을 상징.
2) 꽃 화창하고 달이 둥근 것은 애정 가득하고 행복한 생활을 상징.

双调 · 沉醉东风 其三

伴夜月银筝凤闲, 暖东风绣被常悭。信沉了鱼书绝了雁, 盼雕鞍万水千山。本利对相思若不还, 则千与那索债愁眉泪眼。

쌍조·침취동풍(双调·沉醉东风) 제3수

달을 벗하여 무심하게 은쟁(银筝) 곡 '봉(凤)'[1]을 타다
동풍 따스한데 자수 이불은 늘 허전하네
물고기 소식 물에 잠기고 기러기 편지 끊어져도
천산만수(万水千山) 밖 말 탄 님을 기다리네
그리움에 대한 원금 이자 갚지 않으면
근심스런 눈초리와 눈물 젖은 눈으로 빚 독촉하리라

1) 사마상여(司马相如)가 거문고 곡 '봉혜(凤兮)'로 탁문군(卓文君)에
   게 사랑을 고백하였음.

▶관한경이 쓴 쌍조 침취동풍 다섯 수 중 세 수

* * *

南吕 · 四块玉, 闲适 其一

适意行, 安心坐, 渴时饮饥时餐醉时歌, 困来时就向
莎茵卧。日月长, 天地阔, 闲快活。

남려·사괴옥(南吕·四块玉), 유유자적 제1수

홀가분하게 걷고
편안하게 앉아서
목마르면 마시고 배고프면 먹으며 취하면 노래하다
피곤하면 풀밭에 누우면 되리
해도 길고 달도 길며
하늘과 땅은 더없이 넓으니
놀며 지내는 것보다 즐거운 것 있으랴

南吕 · 四块玉, 闲适 其二

旧酒投, 新醅泼, 老瓦盆边笑呵呵, 共山僧野叟闲吟
和。他出一对鸡, 我出一个鹅, 闲快活。

남려·사괴옥(南呂·四块玉), 유유자적 제2수

묵은 술은 재차 걸렀고
새 술도 빚어내었으니
낡은 자배기 주위에 웃음꽃 만발하고
산의 중 들의 늙은이가 더불어 마시며 노래하네
그대가 한 쌍 닭을 가져와
내가 거위 한 마리를 내어놓았으니
놀며 지내는 것보다 즐거운 것 있으랴

南呂 · 四块玉, 闲适 其三

意马收, 心猿锁, 跳出红尘恶风波, 槐阴午梦谁惊
破。离了利名场, 钻入安乐窝, 闲快活。

남려·사괴옥(南呂·四块玉), 유유자적 제3수

말처럼 날뛰는 생각 수습하고
원숭이처럼 소란한 마음 다스려
번잡한 세상 험악한 인심 풍파 벗어났으니
회화나무 그늘 낮잠 꿈[1]을 누가 깨울 수 있나
명리(名利)의 난장판 벗어나고
안락한 둥지(安乐窝)[2]에 깃들어

놀며 지내는 것보다 즐거운 것 있으랴

1) 남가 태수전(南柯太守传)에서 서생 순우분(淳于棼)이 회화나무 그늘에서 낮잠을 자다 대괴안국(大槐安国)의 부마가 되어 남가군(南柯郡) 태수로 부임하여 부귀영화를 누리는 꿈을 꿈. 깨어보니 대괴안국은 회화나무 위의 큰 개미굴이었고 남가군은 남쪽 가지의 작은 개미굴이었음. 이후 꿈처럼 헛된 한때의 부귀영화를 남가몽(南柯梦)이라고 하게 됨.

2) 송나라 때의 소옹(邵雍)은 어릴 때부터 입신양명의 꿈을 세우고 공부에 전념하였음. 그는 여러 가지 공부 끝에 세상 이치에 대한 깨달음을 얻자 낙향하여 오두막을 하나 짓고 부모님을 모시며 청빈의 삶을 살게 됨. 소옹은 스스로 농사지으며 자급자족하는 생활을 하면서 자신이 사는 집을 안락와(安乐窝), 스스로를 안락 선생이라 칭함. 그의 학식이 널리 퍼져 부필(富弼), 사마광(司马光), 여공저(吕公著) 등 많은 명사가 안락와를 찾아옴.

南吕 · 四块玉, 闲适 其四

南亩耕, 东山卧, 世态人情经历多, 闲将往事思量过。
贤的是他, 愚的是我, 争甚么。

남려·사괴옥(南吕·四块玉), 유유자적 제4수

남향 이랑을 갈고[1]

둥산(东山)에 눕기도 하니[2]

숱하게 겪었던 세상인심

심심하면 지난 일들 떠오르네

저들은 현명하고

나는 어리석으니

싸울 일 어디 있으랴

1) 시경 '빈풍, 칠월(诗经·豳风·七月)'의 구절 "처자식들 데리고 가서, 남묘에 밥을 보내니, 농관(农官)이 심히 기뻐하였다(同我妇子, 馈彼南亩, 田畯至喜。)"를 인용. 동서로 만든 논두렁을 동묘(东亩), 남북으로 만든 논두렁을 남묘(南亩)라 하였음.

2) 동진(东晋) 때 사안(谢安)은 둥산(东山, 지금의 저장 상위현上虞县 서남쪽 지역)에 은거하다 후에 재상으로 입각함. 이후 고결한 인품을 지닌 사람이 은둔 생활하는 것을 "둥산 높은 곳에 눕다(东山高卧)"라고 하게 됨.

▶원나라 때는 지식인들에게 암흑의 시대로 감히 표출할 수 없는 내적 불만이나 현실 도피하고 싶은 심정을 글을 통해 나타내곤 하였음. 대표적인 것이 관한경의 본 연작시임.

사괴옥(四块玉)은 원나라 때 성행하던 극곡의 이름.

* * *

双调 · 碧玉箫 其二

怕见春归，枝上柳绵飞。静掩香闺，帘外晓莺啼。恨天涯锦字稀，梦才郎翠被知。宽尽衣，一搦腰肢细。痴，暗暗的添憔悴。

쌍조·벽옥소(双调·碧玉箫) 제2수

봄이 돌아가는 것 보기 두렵네
가지 위에 버들개지 흩날린다
규방에 조용히 앉아 있고자 하나
휘장 밖에서 새벽 앵무새 울부짖네
아득한 타향, 비단에 수놓은 글[1] 너무 뜸하고
꿈에서 비취색 망토로 그이를 알아보았네
허리는 홀쭉해져 손에 잡을 듯하고
옷은 느슨하게 펄렁거리네
준수하던 얼굴 어둡고 초췌해져
그만 정신이 아득해졌네

---

1) 두도(竇滔)가 변방에 있을 때 부인 소혜(苏蕙)가 비단에 회문시를 수놓아 보냄. 이후 비단에 수놓은 글이 사랑의 편지를 의미하게 됨.

双调·碧玉箫 其九

秋景堪题, 红叶满山溪。松径偏宜, 黄菊绕东篱。正
清樽斟泼醅, 有白衣劝酒杯。官品极, 到底成何济。
归, 学取渊明醉。

쌍조·벽옥소(双调·碧玉箫) 제9수

가을 풍경 시와 그림으로 남길 만하니
단풍이 모든 계곡을 덮었음이라
마침 소나무 숲 오솔길 옆으로
노란 국화가 울타리를 둘렀네
술동이에서 새 술 따르기 좋은 시절
흰옷 입은 아이(白衣)¹⁾ 잔을 권하는구나
관직이 아무리 높다 한들
좋은 게 무엇 있나
돌아가서
도연명 취하는 것이나 배울 일이다

---

1) 도연명(陶渊明)이 중양절(음력 9월 9일)에 국화밭에서 술이 없어
   고민하던 참에 장저우 자사(江州刺史) 왕홍(王弘)이 흰옷 입은 동
   자를 시켜 술을 보내왔다는 고사의 인용.

▶중국을 점령하고 건립된 원나라는 송나라와는 달리 무를 숭상하고 문을 경시함. 관가와 조정에서는 음모와 배신이 횡행하여 지식인들이나 문인들이 뜻을 이루기가 어려웠음. 관한경은 이러한 풍조에 휩쓸리지 않고 은둔의 삶을 살고자 하는 뜻을 작품으로 나타냄.

관한경이 쓴 쌍조 벽옥소 열 수 중 두 수.

* * *

仙呂 · 一半儿, 題情 其一

云鬟雾鬓胜堆鸦, 浅露金莲簌绛纱, 不比等闲墙外花。骂你个俏冤家, 一半儿难当一半儿耍。

선려·일반아(仙呂·一半儿), 희열 제1수

검고 윤기 있는 머리 까마귀 털 뭉치를 능가하고
바스락거리는 진홍 치마 밑으로 살짝 드러난 조그만 발
담장 밖 웃음 파는 여인들과 비교할 바 아니라
원수 같은 제비 놈이라고 욕하는 소리
반은 토라짐이고 반은 장난말일세

仙呂 · 一半儿, 题情 其二

碧纱窗外静无人, 跪在床前忙要亲。骂了个负心回转身。虽是我话儿嗔, 一半儿推辞一半儿肯。

선려·일반아(仙呂·一半儿), 희열 제2수

청록색 창 바깥은 인기척 없이 고요한데
갑자기 침대 앞에서 무릎 꿇고 친근하게 굴길래
믿을 수 없는 마음을 욕하고 몸을 돌려 버렸네
비록 화난 말투를 내뱉었지만
반은 거절이고 반은 수락일세

仙呂 · 一半儿, 题情 其三

银台灯灭篆烟残, 独入罗帏掩泪眼, 乍孤眠好教人情兴懒。薄设设被儿单, 一半儿温和一半儿寒。

선려·일반아(仙呂·一半儿), 희열 제3수

불 꺼진 은촛대 몇 가닥 연기도 스러져
홀로 침상의 비단 휘장 안에서 눈물을 머금었으니

문득 외롭게 잠들어야 함이 사람을 더욱 쓸쓸하게 함이라
얇게 깔아 놓은 홑이불이
반은 따스하고 반은 쌀쌀하구나

仙呂 · 一半儿, 題情 其四

多情多绪小冤家, 迤逗得人来憔悴煞, 说来的话先
瞒过咱。怎知他, 一半儿真实一半儿假。

선려·일반아(仙呂·一半儿), 희열 제4수

원수 같은 인간이 다정다감은 하여
사람을 희롱하여 극도로 초췌해지게 하는데도
달콤한 말에 내가 속고 마는구나
그 사람 알 수가 없네
하는 말마다 반은 진실이고 반은 거짓이니

▶한 쌍의 남녀가 만나자마자 사랑에 빠지고 헤어진 뒤 서로 그리
워하는 감정의 변화 과정을 묘사한 모음곡. 구체적인 창작 시기는 알
수 없고 네 수 중 제1수는 백복(白朴)의 작품이라는 설도 있음.
  일반아(一半儿)는 극곡과 소령에 사용되던 곡조명. 관한경이 대표
작을 남김. 마지막 구절에 일반아(一半儿)가 두 번씩 반복된 것에서

곡명이 유래됨.

* * *

关大王独赴单刀会 第四折

(鲁肃上,云)欢来不似今朝,喜来那逢今日。小官鲁子敬是也。我使黄文持书去请关公,欣喜许今日赴会,荆襄地合归还俺江东。英雄甲士已暗藏壁衣之后,令人江上相候,见船到便来报我知道。(正末关公引周仓上,云)周仓,将到那里也?(周云)来到大江中流也。(正云)看了这大江,是一派好水也啊!(唱)

双调·新水令

大江东去浪千叠,引着这数十人驾着这小舟一叶。又不比九重龙凤阙,可正是千丈虎狼穴。大丈夫心别,我觑这单刀会似赛村社。

(云)好一派江景也呵!(唱)

驻马听

水涌山叠,年少周郎何处也。不觉的灰飞烟灭,可怜黄盖转伤嗟。破曹的樯橹一时绝,鏖兵的江水犹然热,好教我情惨切。(云)这也不是江水,(唱)二十年流不尽的

97

英雄血。

(云)却早来到也,报复去。(卒报科)(做相见科)(鲁云)江下小会,酒非洞里之长春,乐乃尘中之菲艺,猥劳君侯屈高就下,降尊临卑,实乃鲁肃之万幸也!(正云)量某有何德能,着大夫置酒张筵,既请必至。(鲁云:)黄文将酒来。二公子满饮一杯。(正云)大夫饮此杯。(把盏科)(正云)想古今咱这人过日月好疾也呵!(鲁云)过日月是好疾也。光阴似骏马加鞭,浮世似落花流水。(正唱)

胡十八

想古今立勋业,那里也舜五人、汉三杰。两朝相隔数年别,不付能见者,却又早老也。开怀的饮数杯,(云)将酒来。(唱)尽心儿待醉一夜。

(把盏科)(正云)你知"以德报德,以直报怨"么?(鲁云)既然将军言"以德报德,以直报怨",借物不还者谓之怨。想君侯文武全材,通练兵书,习《春秋》《左传》,济拔颠危,匡扶社稷,可不谓之仁乎?待玄德如骨肉,觑曹操若仇雠,可不谓之义乎?辞曹归汉,弃印封金,可不谓之礼乎?坐服于禁,水淹七军,可不谓之智乎?且将军仁义礼智俱足,惜乎止个少信字,欠缺未完。再若得全个信字,无出君侯之右也。(正云)我怎生失信?(鲁云)非将军失信,皆因令兄玄德公失信。(正云)我哥哥怎生信来?(鲁云)想昔日玄德公败于当阳之上,身无所归,因鲁肃之故,屯军三江夏口。鲁肃又与孔明同见我主公,即日兴师拜将,破曹兵于赤壁之间。江东所费巨万,又折了首将黄盖。因将军贤昆玉无尺寸地,暂借荆州以为养军之资,数年不还。今日鲁肃低情曲意,暂取荆州,以为救民之急;待仓廪丰盈,然后再献与将军掌领。鲁肃不敢自专,君侯台鉴不错。(正云)你请我吃筵席来那,是索荆州来?(鲁云)没,没,没,我则这般道。孙、刘结亲,以为唇齿,两国正好和谐。(正唱)

庆东原

你把我真心儿待,将筵宴设,你这般攀今览古,分甚枝叶。我跟前使不着你"之乎者也"、"诗云子曰",早该齰口截舌。有意说孙、刘,你休目下番成吴越。

(鲁云)将军原来傲物轻信!(正云)我怎么傲物轻信?(鲁云)当日孔明亲言,破曹之后,荆州即还江东。鲁肃亲为代保。不思旧日之恩,今日恩变为仇,犹自说"以德报德,以直报怨"。圣人道"信近于义,言可复也。"去食去兵,不可去信。"大车无輗,小车无軏),其何以行之哉?"今将军全无仁义之心,枉作英雄之辈。荆州久借不还,却不道"人无信不立!"(正云)鲁子敬,你听的这剑戛么?(鲁云)剑戛怎么?(正云)我这剑戛,头一遭诛了文丑,第二遭斩了蔡阳,鲁肃呵,莫不第三遭到你也?(鲁云)没,没,我则这般道来。(正云)这荆州是谁的?(鲁云)这荆州是俺的。(正云)你不知,听我说。(唱)

沉醉东风

想着俺汉高皇图王霸业,汉光武秉正除邪,汉献帝将董卓诛,汉皇叔把温侯灭,俺哥哥合承受汉家基业。则你这东吴国的孙权,和俺刘家却是甚枝叶。请你个不克己先生自说。

(鲁云)那里甚么响?(正云)这剑夏二次也。(鲁云)却怎么说?(正云)这剑按天地之灵,金火之精,阴阳之气,日月之形;藏之则鬼神遁迹,出之则魑魅潜踪;喜则恋鞘沉沉而不动,怒则跃匣铮铮而有声。今朝席上,倘有争锋,恐君不信,拔剑施呈。吾当摄剑,鲁肃休惊。这剑果有神威不可当,庙堂之器岂寻常;今朝索取荆州事,一剑先交鲁肃亡。(唱)

雁儿落

则为你三寸不烂舌,恼犯我三尺无情铁。这剑饥餐上将头,渴饮仇人血。

得胜令

则是条龙向鞘中蛰,虎得人向坐间呆,今日故友每才相见,休着俺弟兄每相间别。鲁子敬听者,你心内休乔怯,畅好是随邪,休怪我十分酒醉也。

(鲁云)臧宫动乐。(臧宫上,云)天有五星,地攒五岳,人有五德，乐按五音。五星者：金、木、水、火、土。五岳者：常、恒、泰、华、嵩。五德者：温、良、恭、俭、让。五音者：宫、商、角、徵、羽。(甲士拥上科。)(鲁云)埋伏了者。(正击案，怒云)有埋伏也无埋伏？(鲁云)并无埋伏。(正云)若有埋伏，一剑挥之两段！(做击案科。)(鲁云)你击碎菱花。(正云)我特来破镜！(唱)

搅筝琶

却怎生闹炒炒军兵列，休把我当拦者。(云)当着我的，呵呵！(唱)我着他剑下身亡，目前流血。便有那张仪口。蒯通舌，休那里躲闪藏遮。好生的送我到船上者，我和你慢慢的相别。

(鲁云)你去了倒是一场伶俐。(黄文云)将军，有埋伏哩。(鲁云)迟了我的也。(关平领众将上，云)请父亲上船，孩儿每来迎接哩。(正云)鲁肃，休惜殿后。(唱)

离亭宴带歇指煞

我则见紫袍银带公人列，晚天凉风冷芦花谢，我心中喜悦。昏惨惨晚霞收，冷飕飕江风起，急飐飐云帆扯。承管待、承管待，多承谢、多承谢。唤梢公慢者，缆解开岸边龙，船分开波中浪，棹搅碎江中月。正欢娱有甚进退，且谈笑不分明夜。说与你两件事先生记者：百忙里趁不了老兄心，急切里倒不了俺汉家节。

관 대왕이 칼 한 자루 갖고 홀로 연회에 가다(关大王 独赴单刀会), 제4절

(노숙) 오늘 아침처럼 즐거운 날이 있으며 오늘 만남처럼 기쁜 일이 있으랴? 소관(小官) 노자경(魯子敬) 역시 그러하다. 내가 황문(黃文)에게 서신을 갖고 가게 하여 관공(关公)을 청했더니 흔쾌히 응하여 오늘 잔치로 오게 되었네. 징샹(荊襄)의 땅이 우리 강동으로 돌아오리라. 용맹한 병사들을 무장시켜 휘장 뒤에 숨겨 놓은 뒤, 강 위에서 사람을 기다리게 했다가 배가 도착하면 나에게 보고하여 알게 하라

(관우) 주창(周仓)아, 도착했느냐?

(주창) 큰 강 한가운데 다다랐습니다.

(관우) 이 큰 강을 보아하니 물이 정말 좋구나.

쌍조·신수령(双调·新水令)

천 겹 파도 동으로 흐르는 큰 강이
여기 수십 명 젓는 작은 배를 끌어가네
구중궁궐에 비할 수 없는
천길 호랑이와 이리의 굴이라
대장부 마음 유별나서
여기 칼 한 자루 차고 가는 곳(单刀会) 한낱 새촌사(賽村社)[1]로 여기노라
얼마나 멋있는 강 풍경인가

주마청(駐马听)

물은 용솟음치고 산은 겹겹일세
새파랗던 주랑(周郎)은 어디에 있나
어느새 사라져 버렸네
불쌍한 황개(黃盖) 더더욱 아프고 서글프다
조조 군을 격파한 전선, 한순간에 사라졌는데
격렬한 전투 벌어졌던 강물은 아직도 뜨거워
내 마음을 한없이 슬프게 하네
이것은 강물이 아니로다
이십 년 멈추지 않고 흐르는 영웅의 피로다

벌써 도착하였네, 보고하러 가세.
(병졸들이 보고하는 장면)(서로 만나는 장면)
(노숙) 강가의 작은 잔치라, 술은 마을의 명주가 아니며, 음악은 보잘것없는 기예에 불과합니다. 송구스럽게 귀인께서 마다하지 않으시고 누추한 곳에 와 주셨으니, 실로 노숙에게 큰 행운입니다.
(관우) 저에게 아무런 덕성과 능력이 없음에도, 대부께서 몸소 술자리를 마련하시고, 불러 주셨는데 어찌 오지 않을 수 있겠습니까?
(노숙) 황문(黃文), 술 가져오게. 두 분 한 잔 가득 드시죠.
(관우) 대부께서도 잔을 받으시죠.
(술을 권하는 장면)
(관우) 고금의 저희를 생각해 보면 해와 달이 질주하는군요.

(노숙) 해와 달이 질주하고 말고요. 세월이 달리는 말에 채찍질하는 듯하고, 뜬 세상은 떨어지는 꽃이요 흐르는 물 같습니다.

호십팔(胡十八)

고금의 혁혁한 공 세운 것을 생각해 보라
순(舜)의 다섯 사람과 한(汉)의 세 호걸 어디 갔는가[2]
양 조정이 서로 떨어져 몇 년이 지나도록
사람을 보지 못하는 사이
어느덧 나이가 들어 버렸네
흉금을 터놓고 몇 잔이고 마셔야 하리
술 가져오너라
밤새도록 마음껏 취해야 하리라

(술 권하는 장면)
(관우) "덕은 덕으로 갚고 공정함으로 원수를 갚는다."라는 말을 아시는지요?
(노숙) 기왕 장군께서 "덕은 덕으로 갚고 공정함으로 원수를 갚는다."라는 말씀을 하셨으니, 물건을 빌리고 돌려주지 않는 자는 원수라 할 것입니다. 귀공은 문무 겸비하고, 병서를 통달하였으며, 춘추(春秋)와 좌전(左传)을 익히어, 나라의 위태함을 구하고 사직을 보전하였으니 어찌 이를 인(仁)이라 하지 않겠습니까? 현덕(玄德)을 골육같이 대하고 조조(曹操)를 원수로 삼았으니 어찌 의(义)라고 하지 않

104

겠습니까? 조조를 떠나 한(汉)으로 돌아갈 때 인장을 버리고 재화를 봉하였으니 어찌 예(礼)라 하지 않겠습니까? 앉아서 우금(于禁)을 굴복시키고 칠 군(七军)을 수장시켰으니 어찌 지(智)라 하지 않겠습니까? 장군께서는 인, 의, 예, 지 모두 갖추었으나 신(信) 한 글자가 모자라 완성치 못하였으니 애석할 따름입니다. 만약 신 자를 갖추어 완전해지면 귀공의 오른쪽에 설 수 있는 자가 없을 것입니다.

(관우) 제가 어째서 신을 잃었습니까?

(노숙) 장군이 신을 잃은 게 아니라 모든 것은 형님이신 현덕 공이 신을 잃었기 때문입니다.

(관우) 제 형님이 어째서 신을 잃었단 말씀인가요?

(노숙) 옛날 현덕 공이 당양(当阳)³⁾에서 패하셨을 때를 생각해 보시지요. 몸을 기탁할 데 없는 상황에서 노숙의 연고로 인해 산장 샤커우(三江夏口)⁴⁾에 군사를 주둔시키게 되었습니다. 노숙이 공명과 함께 저의 주군을 뵙자, 당일에 군사를 일으키며 장수로 임명하셨고, 처비(赤壁)에서 조조의 군대를 깨뜨렸었죠. 강동(江东)에서는 막대한 재화가 사용되었고 명장 황개(黄盖)까지 잃었습니다. 장군 형제분들은 발 디딜 땅조차 없었기에 군을 양성하기 위한 근거지로 잠시 징저우(荆州)를 빌려 드렸으나 몇 년이 지나도록 돌려주지 않고 있습니다. 오늘 노숙은 부득이하게 징저우를 잠시 취하여 백성의 위급한 상황을 해결하고 창고에 곡물이 넉넉해지면 장군의 수중에 돌려 드리고자 합니다. 노숙이 제멋대로 할 수 없으니, 귀공께서 살펴 주시기를 바랍니다.

(관우) 그대는 저를 잔치 자리에 초빙한 것이오, 징저우

를 빼앗으려 부른 것이오?

(노숙) 아니, 아니, 아니올시다. 저는 단지 이런 상황을 말씀드리는 것입니다. 손, 유 양가가 인척이 되어 이와 입술의 관계이니 두 나라가 화목한 것이 좋은 일이죠.

경동원(庆东原)

너는 나에게 솔직하라
술자리 벌여 놓고
네가 이렇게 옛날부터 지금까지의 일을
미주알고주알 따진단 말이냐
내 앞에서 옛 말투로 공자왈 맹자왈 하지 못하도록
당장 입을 찢고 혀를 뽑아야 하겠구나
일부러 손과 유를 이야기하며
오(吳)와 월(越)로 뒤집는 것을 멈추어라

(노숙) 장군은 원래부터 오만하고 신의가 가벼운 사람이군요!

(관우) 내가 어째서 오만하고 신의가 가벼운가?

(노숙) 그때 공명이 친히 "조조를 물리친 뒤, 징저우는 바로 강동에 돌려 드리겠습니다."라고 말하였고 노숙이 대신 이를 보장하였는데, 오늘 옛 은인을 원수로 바꾸어 생각하리라고는 상상도 못 했소. 그런데도 여전히 "덕은 덕으로 갚고, 원수는 공정함으로 갚는다."라고 말하는구려. 성인께서 말씀하시기를 "신은 의와 가까움을 두 번 말하여 무엇

하랴!"라고 하였소. 식량과 군대는 잃을지라도 신의는 저버릴 수 없는 법. "큰 수레에 고정하는 쐐기가 없고 작은 수레에 멍에가 없으면 어찌 나아갈 수 있으랴!"라고 하였는데, 지금 장군은 전혀 인의의 마음이 없으니, 영웅의 대열에 들기는 틀렸소이다. 징저우를 오래전에 빌리고 돌려주지 않으면서 "사람이 신이 없으면 서지 못한다."라는 말 따위는 하지 마시오.

(관우) 노자경아, 너는 이 칼 우는 소리가 들리느냐?

(노숙) 칼 우는소리가 뭐 어쨌단 말이오?

(관우) 이 칼이 울자, 내가 한 번 휘둘러 문추(文丑)를 죽였고 두 번 휘둘러 채양(蔡阳)을 베었다. 노숙아, 세 번째가 네가 될 수도 있지 않겠느냐?

(노숙) 아니, 아니. 나는 사실을 이야기할 따름이오.

(관우) 징저우는 누구의 것이냐?

(노숙) 징저우는 우리 것이오.

(관우) 네가 잘 모르는구나, 내 이야기를 들어보아라.

침취동풍(沉醉东风)

생각해 보라 우리 한 고조(汉高祖)께서 천하의 패권을 도모하셨고

한 광무(汉光武)께서 악을 몰아내고 정의를 세우셨으며

한 헌제(汉献帝)께서 동탁(董卓)을 주살하신 일과[5]

한 황숙(汉皇叔)께서 온후(温侯)를 멸하신 일을

우리 형님이 한 황실의 기업을 물려받는 것이 마땅하도다

감히 너희 동오국(东吴国) 손권 따위가
우리 유씨 집안과 어찌 가지와 잎이 될 수 있겠느냐
경위 없는 선생이여 부디 말해 보시게

(노숙) 그건 무슨 소리요?
(관우) 이 칼이 두 번째 울었다.
(노숙) 뭐라고 하는 거요?
(관우) 이 칼은 천지의 영과, 금화(金火)의 정수, 음양의 기, 일월의 형상에 따른 것이다. 넣어 놓으면 귀신이 숨고, 꺼내면 괴물이 종적을 감추며, 기쁘면 칼집에서 무겁게 움직이지 않고, 노하면 쩡쩡 소리 내며 튀어나오려 하느니라. 지금 이 자리에서 싸움이 있을 모양인데, 네가 믿지 않을까 하여 내 칼을 보여 주겠노라. 내가 칼을 뽑더라도 노숙은 놀라지 말라. 이 칼은 과연 신의 위력이 있어 감당치 못하니, 사당의 그릇을 어찌 보통의 것에 비하겠느냐? 오늘 아침 징저우를 달라고 독촉하니, 먼저 이 칼로 노숙을 망하게 하리라.

안아락(雁儿落)

네놈이 세 치 혀를 잘도 놀려 대니
나의 무정한 삼척 쇳덩어리가 노하였다
이 칼은 장수의 머리에 허기졌고
원수의 피에 목말랐도다

득승령(得胜令)

용이 칼집에서 잠을 자고
호랑이가 좌중을 돌아다니며 노리는구나
오늘 옛 친구를 모처럼 만났으니
우리 형제끼리 만나자마자 헤어지지 맙시다
노자경은 들으시오
그대 속으로 걱정할 필요 뭐가 있소
마음껏 놀아봅시다
내가 아무리 취하더라도 괴이쩍어하지 마시오

(노숙) 장궁(臟宮)아, 풍악을 울려라

*(장궁) 하늘에는 다섯 별, 땅에는 다섯 악(岳)이 모였고,
사람은 다섯 덕(德), 음악은 다섯 음으로 만드네. 다섯 별은
금(金), 목(木), 수(水), 화(火), 토(土)이며 다섯 악은 창(常),
헝(恒), 타이(泰), 화(华), 쑹(嵩)이라. 다섯 덕이란 온(温),
양(良), 공(恭), 검(俭), 양(让)이고 다섯 음은 궁(宫), 상(商),
각(角), 치(徵), 우(羽)일세.*

(무장한 병사들이 접근하는 장면)

(노숙) 매복한 자들인가?

*(관우 탁자를 치며 노하여 소리친다) 매복이 있느냐 없느
냐?*

(노숙) 매복은 결코 없소.

*(관우) 만약 매복이 있다면 칼 한 번 휘둘러 두 동강을
낼 테다.*

(탁자를 깨트리는 장면)
(노숙) 당신이 판을 깬 거요.
(관우) 내가 일부러 판을 깬 것이다.

교쟁파(攪箏琶)

어째서 소란스럽게 군사들이 늘어서는가
나를 막을 생각은 하지도 마라
나를 막겠다는 것이냐. 하하!
내가 그를 칼로 쳐 죽여
눈앞에서 피가 낭자하게 할 것이다
장의(張仪)의 입을 가지고
괴통(蒯通)의 혀를 가졌다 해도[6]
저리로 피하여 숨지 못하리니
잘 생각해서 나를 배까지 보내주면
나와 너 여유롭게 헤어지게 되리라

(노숙) 이제 가시오. 생각 이상으로 주도면밀하군요.
(황문) 장군, 매복 군인들이 왔습니다.
(노숙) 너무 늦었다.
(관평이 장졸들을 거느리고 옴) 아버님, 배에 오르시지요. 제가 모시러 왔습니다.
(관우) 노숙, 뒤에서 아쉬워하지 마시오.

이정연 다음 헐지살(离亭宴带歇指煞)

보라색 예복 은빛 허리띠 관리들 줄 선 것 보이는데
쌀쌀한 저녁 차가운 바람에 갈대꽃 지는구나
어둑어둑 저녁놀 물러가고
으슬으슬 강바람 일어나니
펄럭펄럭 구름 돛 당기어 펴라
대접 잘 받았다
대접 잘 받았어
정말 고맙구나
정말 고마워
뱃사공 슬슬 오라고 해서
물가에 매인 용선의 밧줄을 풀게 하니
배는 물결을 갈라 파도를 일으키고
노를 휘저어 강 속의 달을 부수네
즐거워하다 보니 나아감 물러남이 없어지고
오히려 담소 중에 밤낮이 나뉘지 않았네
그대에게 이르노니 선생은 이 두 가지를 기억하시오
급한 중에도 노형의 마음을 틈타지 않았고
절박한 가운데서도 우리 한 황실 예법을 잃지 않았다오

---

1) 옛날 농촌에서 농한기에 지내던, 신을 맞이하면서 벌이던 잔치.
2) 순(舜)의 다섯 사람은 우(禹), 치(弃). 계(契), 고요(皐陶), 백익
   (伯益).
   우는 사공(司空)으로 치수(治水)와 정무를 주관하면서 백관을 통솔

하였으며, 치는 후직(后稷)으로 농사, 계는 사도(司徒)로 윤리와 도덕, 고요는 사사(士师)로 사법, 백익은 백공(百工)으로 산업을 담당하였음.

한(汉)의 세 호걸은 장량(张良), 소하(萧何), 한신(韩信).

3) 후베이 중앙에 위치. 서로는 산샤(三峡)의 이창(宜昌), 동으로는 징저우, 북으로는 샹양의 룽중(襄阳隆中)과 접해 있음.

4) 샤커우(夏口)는 지금 우한의 우창(武昌). 한수이(汉水)가 여기서 창장으로 유입됨. 황저우(黄州) 위쪽 15km 지점에서 창장이 2개의 큰 사주(沙洲)를 지나 3개의 물줄기가 다시 합해지는 지점을 산장커우(三江口)라고 부름.

5) 여포(吕布)는 동탁을 주살한 공으로 온후(温侯)라는 봉호(封号)를 받음.

6) 장의는 전국 시대, 괴통은 진말 한초(秦末汉初)의 유세가.

▶삼국시대의 야사 중에서 소재를 빌려 관우의 영웅적인 기개를 노래한 잡극. 약칭으로 '단도회(单刀会)'라고 하며, 후대의 많은 영웅호걸을 고무시켰고 특히 원나라 말기 농민 봉기 지도자들에게 정신적 자양분이 되었음.

모두 4절로 구성되어 있는데 1, 2절은 노숙이 징저우(荆州)를 수복하기 위한 3가지 계책을 강구하는 내용. 첫째는 연회를 열고 유비를 한중(汉中)의 주군으로 칭송하면서 동맹의 정의에 호소하여 빌려갔던 징저우를 돌려 달라고 설득하는 것이고 둘째는 관우를 배에 오랫동안 감금하여 함정에 빠졌음을 깨닫고 자발적으로 반납하게 하는 것이며 셋째는 무장한 병사들로 관우를 붙잡은 뒤 유비와 장비의 형제애를 이용하여 돌려받는 것임. 3절은 노숙이 3번째 계책을 택하여 관우를 연회에 초빙하고 관우는 칼 한 자루에 부장 주창(周仓)과 수십 명의 병사들만 거느리고 초대에 응하는 내용임. 4절의 구성은 등장인물 간의 대화와 관우가 여러 곡패의 곡조에 맞추어 노래하는 것으로 이루어짐.

관한경은 중국 민족에 대한 멸시와 핍박이 극에 달했던 원나라 초기 용감무쌍했던 관우의 이야기로 민족의 자부심을 앙양하고 중국 민족에게 부흥에 대한 의욕을 고취하고자 이 극과 '관우 장비 서촉으로 가는 꿈(关张双赴西蜀梦)'이라는 잡극을 씀.

유천석(庚天錫, 생몰연대 불상)

자는 길보(吉甫), 다두(大都, 지금의 베이징) 출신. 중서성연(中书省掾), 제원외랑(除员外郎), 중산부판(中山府判)을 역임. 전원산곡(全元散曲)에 총 11수의 작품이 남아 있음.

双调 · 蟾宫曲 其一

环滁秀列诸峰。山有名泉, 泻出其中。泉上危亭, 僧仙好事, 缔构成功。四景朝暮不同。宴酣之乐无穷, 酒饮千钟。能醉能文, 太守欧翁。

쌍조·섬궁곡(双调·蟾宫曲) 제1수

추(滁)¹⁾를 둘러싼 뭇 봉우리들
산 중에 이름난 샘이 있어
산속으로 물을 쏟아내고 있네
샘물 위쪽엔 높이 솟은 정자
스님 선(仙)이 공사를 시작해²⁾
아름다운 정자 하나 이루었네
사방 경치 아침저녁이 다르고
천 가지 술을 마실 수 있으니
술자리의 즐거움 끝이 없구나

취하면 문장이 나오게 되어
만족함이 태수 구옹(太守欧翁)3)이로다

1) 지금의 안후이성 추현(安徽省滁县)
2) 스님 지선(智仙)이 취옹정(醉翁亭)을 세웠음.
3) 1045년(인종 경력庆历 5년) 구양수가 추저우로 좌천되어 지선 스
   님과 친구가 됨. 1047년 지선이 랑야산(琅琊山)에 정자를 짓자 취
   옹정이라 이름하고 취옹정기(醉翁亭记)를 씀. 이후 수시로 친구들
   을 불러 취옹정에서 술을 마시며 자신의 호를 취옹이라 함.

双调 · 蟾宫曲 其二

滕王高阁江干。佩玉鸣鸾, 歌舞珊珊。画栋朱帘, 朝
云暮雨, 南浦西山。物换星移几番。阁中帝子应笑, 独
倚危栏。槛外长江, 东注无还。

쌍조·섬궁곡(双调·蟾宫曲) 제2수

강변 높이 솟은 등왕각(滕王阁)1)
노리개 차고 방울 장식한 여인
노래와 춤이 절정을 이루고서 잦아드네
채색 대들보와 붉은색 휘장 안
남포와 서산의 슬픈 이별

아침 구름과 저녁의 비가 되었네

풍물 변하고 별 이동한 것이 몇 번이었나

홀로 높은 난간에 기대어 선 제왕

누각 안에서 웃으리니

난간 바깥에 흐르는 큰 강

동쪽으로 흘러 돌아오지 않음이라

1) 장시 난창(江西省南昌)의 간장(贛江) 동안에 있는 누각. 653년(당 고종 영휘高宗永徽 4년)에 건립. 당 태종 이세민의 동생 이원영(李元嬰)이 홍저우(洪州) 도독(都督)으로 부임하여 수축함.

▶유천석과 구양수는 작가와 관리를 겸하면서 낭만적 이상과 냉혹한 현실 사이에서 갈등했다는 공통점이 있음. 특히 원나라라는 암담한 시대 상황에서 이런 모순은 더욱 두드러져 작가는 첫 번째 수에서 구양수의 '취옹정기(醉翁亭记)'를 한편 시로 녹여내어 내면적 아픔을 담음.

두 번째 수는 왕발(王勃)의 '등왕각 시(滕王阁诗)'의 내용을 편집하여 쓴 곡. 현재 상황에 비추어 옛일을 회상하며 세월의 빠르게 흐름과 좋은 경치가 한결같지 않음을 서술함.

* * *

双调 · 雁儿落过得胜令

【雁儿落】从他绿鬓斑, 欹枕白石烂。回头红日晚, 满目青山矸。【得胜令】翠立数峰寒, 碧锁暮云间。媚景春前赏, 晴岚雨后看。开颜, 玉盏金波满。狼山, 人生相会难。

쌍조(双调)·안아락 다음 득승령(雁儿落过得胜令)

【안아락(雁儿落)】
새까맣던 머리 희끗희끗 해지고
비스듬히 베었던 돌베개 닳아 허물어지네
고개를 돌려 보니 붉은 노을 저녁인데
눈에 가득 찬 푸른 산은 윤기가 흐르고 있네
【득승령(得胜令)】
우뚝 솟은 봉우리들 찬 기운이 맴돌거늘
저녁 구름 사이로 푸르름 더욱 짙구나
아름다운 경치, 봄 돌아가기 전에 즐길지니
비 그친 뒤 산에 깔린 구름 참으로 볼만함이라
웃음꽃 활짝 핀 얼굴들
옥잔에 맛있는 술 가득 채우세
고즈넉한 랑산(狼山)[1]
인생 살면서 서로 만나기 힘들지 아니한가

▶안아락(雁儿落) 전 4구와 득승령(得胜令) 후 8구로 이루어진 대과곡. 앞의 곡조가 끝나고 흥이 남은 상태에서 뒤의 곡조가 이어진 다고 하여 대과곡이라 부름. 두 개의 곡조가 맞물리지만, 내용은 둘로 나누어짐. 안아락은 평사락안(平沙落雁)이라고도 하며 쌍조 및 상조(商调)에 속함. 극곡(剧曲)과 산곡의 투수(散曲套数)에서 자주 쓰임. 소령 단독으로 사용되는 경우는 드물고 득승령(得胜令)이나 청강인(清江引), 벽옥소(碧玉箫)와 함께 대과곡으로 주로 사용됨. 득승령(得胜令)은 덕승령(德胜令)이라고도 하며 일반적으로 안아락 뒤에 붙여서 사용됨.

왕실보(王实甫, 1260~1336年)

이름을 덕신(德信)이라고도 하며 다두(大都) 출신. 잡극 14종 등 많은 작품을 썼으나 서상기(西厢记) 등 잡극 3종과 소령 1수, 투수 3수만 전함. 그는 당시, 송사의 정미한 언어예술을 계승하면서 원나라 때의 민간 구어체를 흡수하여 중국 희곡 역사상 문채파(文采派)의 대표적인 작가로 평가받음.

中吕 · 十二月过尧民歌, 别情

【十二月】自别后遥山隐隐, 更那堪远水粼粼。见杨柳飞绵滚滚, 对桃花醉脸醺醺。透内阁香风阵阵, 掩重门暮雨纷纷。【尧民歌】怕黄昏忽地又黄昏, 不销魂怎地不销魂。新啼痕压旧啼痕, 断肠人忆断肠人。今春, 香肌瘦几分。搂带宽三寸。

중려·십이월 다음 요민가(中吕·十二月过尧民歌), 이별의 아픔

【십이월(十二月)】
헤어진 뒤 첩첩 봉우리 어렴풋한데
아득한 강물 반짝거림은 더욱 견디기 어려워라

보이는 것은 온 하늘에 흩날리는 버들 솜이라
살구꽃 마주하여 발그스레 취한 얼굴
규방 내실에서는 향기 품은 바람 새어 나오고
겹겹 문 닫힌 정원에 저녁 비 부슬부슬 내리네
【요민가(堯民歌)】
황혼인가 했더니 홀연 다시 황혼이로다
넋을 놓지 않으려 하건만 어떻게 넋을 놓지 않을까
새 눈물자국이 옛 눈물자국을 덮으니
애간장 끊어진 사람은 애간장 끊어진 사람을 기억하겠지
이번 봄엔
탄력 넘치던 피부 얼마나 여위려나
허리띠마다 헐렁해져 맞는 것이 없구나

▶왕실보가 벼슬을 그만둔 뒤 공연 작품에 전념하며 쓴 작품. 구체적인 창작 시기는 알 수 없음. 십이월(十二月)은 요민가(堯民歌) 외 쾌활삼(快活三), 조천자(朝天子)와 함께 대과곡으로 사용되었으며 요민가는 북곡의 곡패로 중려궁 및 정궁에 속하였음.

마치원(马致远, 1250?~1321또는1324年)

  호는 동리(东篱), 자는 천리(千里)이며 다두 출신. 장저행성 무관(江浙行省务官)을 역임하고 만년에 은퇴. 잡극 15종을 지었으나 7종만 현존. 산곡에 특히 뛰어나 소령 100여 수, 투수 23수가 전함. 많은 작품이 신선도(神仙道)에 관한 것이라 마신선(马神仙)이라고도 함. 관한경(关汉卿), 백복(白朴), 정광조(郑光祖)와 함께 원곡 4대가로 꼽힘.

南吕 · 金字经

  夜来西风里, 九天雕鹗飞, 困煞中原一布衣。悲, 故人知未知。登楼意, 恨无上天梯。

남려·금자경(南吕·金字经)

밤이 되니 서풍을 타고
대붕이 구천 하늘을 날아오르건만
무기력한 사내는 중원에 갇혀 있구나
옛사람은 아느냐 모르느냐[1]
마음은 누각에 오르고자 하나
하늘 사다리 없어 통탄함을

1) 동한 말기 왕찬(王粲)은 징저우 자사(荆州刺史) 유표(刘表)에게 의
탁하였으나 중용되지 못함. 울분에 차 후베이 당양현(湖北当阳县)
성루에서 '등루부(登楼赋)'를 지어 품은 뜻을 토로함.

▶마치원의 청년기 작품. 몽골이 송을 멸망시키자 많은 지식인이
남쪽으로 군을 따라가 싸움에 참여함. 어떤 이는 고위직으로 올라가
기도 했지만, 대다수는 하급 관료로 전락하여 강남 일대를 떠돎. 마
치원은 후자의 경우로 장한(江汉)에 갔을 때 당양현 성루에 올라 이
곡을 씀.

　금자경(金字经)은 열금경(阅金经), 매변(梅边)이라고도 하며 장
가구(张可久)가 정체를 확립한 곡. 금자경은 불경을 의미하며 원나
라 때 불교의 춤곡에도 같은 이름이 있음.

＊ ＊ ＊

越调 · 天净沙, 秋思

　枯藤老树昏鸦, 小桥流水人家, 古道西风瘦马。夕阳
西下, 断肠人在天涯。

월조·천정사(越调·天净沙), 가을 상념

　황혼 녘 마른 덩굴 옛 나무 위의 까마귀

작은 다리 흐르는 물가엔 집이 있고
서풍 부는 옛길을 가는 여윈 말 한 마리
서쪽으로 저녁 해가 지는데
애간장 끊어지는 이는 하늘 끝에 서 있네

▶마치원은 젊어서 공명을 세우고자 하는 열망이 가득했으나 원나라의 고압적인 민족 정책으로 뜻을 이루지 못하고 평생 정처 없는 떠돌이 생활을 하게 됨. 이 작품은 그가 객지 생활 중에 쓴 것으로 추정.

* * *

南呂 · 四块玉, 叹世 其一

两鬓幡, 中年过, 图甚区区苦张罗。人间庞辱都参破。种春风二顷田, 远红尘千丈波动, 倒大来闲快活。

남려·사괴옥(南呂·四块玉), 세상 탄식 제1수

중년이 지나
양쪽 귀밑머리 하얗게 되었거늘
조그만 공명을 찾느라 무슨 애를 쓸 건가
인간 세상 선망과 모멸 모두 달관하였네
속세의 천길 풍파 뒤로하고

봄바람 불면 두 마지기 밭에 씨 뿌리니
마침내 느긋하게 즐거움을 누리게 되었네

南呂 · 四块玉, 叹世 其三

带野花, 携村酒, 烦恼如何到心头。谁能跃马常食
肉。二顷田, 一具牛, 饱后休。

남려·사괴옥(南呂·四块玉), 세상 탄식 제3수

야생화가 같이 있고
시골 마을에서 빚은 술을 가졌으니
어찌 마음에 번뇌가 떠오를까
말 달리며 고기만 먹을 일 어디 있나
두 마지기 밭에서
소 한 마리 기르면서
배불리 먹고 쉬는 것만 못함이라

南呂 · 四块玉, 叹世 其四

佐国心, 拿云手, 命里无时莫刚求。随时过遣休生
受。几叶绵, 一片绸, 暖后休。

남려·사괴옥(南呂·四塊玉), 세상 탄식 제4수

나라를 보좌하려는 마음
구름을 잡고자 하는 손도
운명에 때가 맞지 않으면 애써 구할 일 아니니
몇 벌 솜옷과
한 조각 비단이면
따뜻하게 입고 쉴 수 있음이라

南呂 · 四塊玉, 叹世 其五

戴月行, 披星走, 孤馆寒食故乡秋。妻儿胖了咱消
瘦。枕上忧, 马上愁, 死后休。

남려·사괴옥(南呂·四塊玉), 세상 탄식 제5수

달빛을 이고 걷고
별빛을 입고 달리며
외로운 여관에서 한식인가 했더니 고향에는 가을이로구나
처자식은 살찌나 나는 여위는구나
베갯머리 걱정이요
말 위의 근심이니
죽은 다음에는 쉴 수 있으려나

▶청년기의 마치원은 공명을 위해 노력했으나 뜻을 이루지 못함. 이십여 년 관리로 떠도는 삶을 산 뒤 인간 세상의 영욕에 달관하게 되어 한적한 시골 생활을 통해 정신적인 해탈과 만족을 추구하게 됨. 위 네 수는 창작 시기가 동일하지는 않으나 주제의 동일성으로 인해 한 묶음으로 애송되고 있음. 총 일곱 수 중 네 수.

* * *

双调 · 蟾宫曲, 叹世 其一

东篱半世蹉跎, 竹里游亭, 小宇婆娑。有个池塘, 醒时渔笛, 醉后渔歌。严子陵他应笑我, 孟光台我待学他。笑我如何。倒大江湖, 也避风波。

쌍조·섬궁곡(双调·蟾宫曲), 세상 탄식 제1수

동리(东篱)[1] 반평생을 헛되이 보내고
대나무 숲에 아담한 정자 지으니
작은 집에 수풀이 우거졌구나
그곳엔 연못 하나 있어
깨어 있을 땐 어부의 피리 곡 불고
취하면 어부의 노래 부르네
맹광(孟光)[2]의 식탁을 배우려 하나
엄자릉(严子陵)[3]이 분명 나를 웃으리라

날 웃은 들 어떠하리
크고 넓은 강과 호수에도
풍파 피할 방법은 있기 마련이네

1) 마치원은 도잠의 은둔 생활을 흠모하여 도잠의 시 '음주(饮酒)' 중 "동쪽 울타리 밑에서 몇 송이 국화를 따고, 유유히 남산을 보네(采多数东篱下, 悠然见南山)"라는 구절을 인용하여 자신의 호를 동리(东篱)라 함.

2) 맹광은 한(汉)나라 때의 추녀로 30세에 양홍(梁鸿)과 결혼하고 이후 부부가 같이 바링산(霸陵山)에 들어가 은거. 맹광은 항상 밥상을 눈썹 높이로 들어 올렸으며 이로 인해 "눈썹 높이로 밥상을 올린다(举案齐眉)"는 말이 부부가 서로 공경하며 사랑함을 의미하게 됨.

3) 자릉(子陵)은 동한(东汉) 사람 엄광(严光)의 자. 어려서 유수(刘秀)와 같이 공부하였으나 유수가 황제에 오른 다음에는 여러 차례 부름을 사양하고 푸춘장(富春江)에 은거하며 농사와 어업을 생업으로 삼음.

双调 · 蟾宫曲, 叹世 其二

咸阳百二山河, 两字功名, 几阵干戈。项废东吴, 刘兴西蜀, 梦说南柯。韩信功兀的般证果, 蒯通言那里是风魔。成也萧何, 败也萧何, 醉了由他。

쌍조·섬궁곡(双调·蟾宫曲), 세상 탄식 제2수

셴양(咸阳)[1] 두 사람이 백 명을 막을 수 있는 험준한 산하

두 글자 공명 때문에

몇 번의 전쟁을 겪었는가

항우(项羽)는 동오(东吴)에서 자결하고[2]

유방(刘邦)은 서촉(西蜀)에서 일어났으나[3]

결국은 남가일몽(南柯一夢)일 따름이라

한신(韩信)이 공을 세우고도 이런 꼴을 당했으니[4]

괴통(蒯通)의 말 어디가 미쳤는가[5]

이루게 한 것도 소하(萧何)요

망하게 한 것도 소하이니[6]

실컷 취하고 될 대로 버려두느니 못하구나

1) 셴양은 진(秦)나라 때의 수도. 산과 강이 교차하는 험준한 지세로
   공격과 수비에 유리하였음. 강성했던 진나라를 의미.

2) 항우는 진나라를 멸한 뒤 스스로 서초 패왕(西楚霸王)이라 칭하고
   펑청(彭城)에 도읍을 정함. 이후 하이샤(垓下)에서 유방에게 패하
   고 우장(乌江)에서 자결함. 펑청과 우장 모두 동오에 속함.

3) 항우는 유방을 한왕(汉王)에 임명하고 한중(汉中)과 파촉(巴蜀) 지
   역에 격리함. 유방은 몰래 힘을 기른 다음 항우를 멸망시키고 한나
   라의 고조가 됨.

4) 한신은 장량(张良), 소하와 함께 한나라의 3대 개국공신으로 천하
   를 통일한 후 처음에는 삼제왕(三齐王), 뒤에는 초왕(楚王)에 봉해
   지나 역모로 몰려 회음후(淮阴侯)로 격하되었다가 결국 여후(吕后)
   에 의해 장락종실(长乐钟室)에서 주살됨.

5) 괴철(蒯徹). 진말 한초의 책사로 한신에게 유방의 휘하에서 독립하여 유방, 항우와 천하를 다툴 것을 건의하였으나 한신이 받아들이지 않음. 한왕조가 건립된 후 이름을 바꾸고 미친 척하여 재앙을 피함.

6) 소하는 유방에게 한신을 적극 천거하여 대장군으로 만들고 유방이 천하를 제패할 수 있게 하였으나 그가 회음후로 격하된 뒤 장안(長安)에 유폐되자 여후(呂后)와 공모하여 그를 유인하여 살해함.

▶마치원은 관직에서의 좌절과 세태의 비정함을 겪은 뒤 역사적 사건을 인용해 세상에 대한 불만과 인생무상의 감회를 동시에 쏟아냄.

* * *

南呂 · 四块玉, 临邛市

美貌娘, 名家子, 自驾着个私奔车儿。汉相如来做文章士, 爱他那一操儿琴, 共他那两句儿诗。也有改嫁时。

남려·사괴옥(南呂·四块玉), 린충시(临邛市)

미모의 아가씨
명문가 딸이
사랑에 빠져 도망을 쳤네
상여(相如)가 글을 지어 보내었구나

129

그대가 탄 사랑의 거문고 곡
함께 나누었던 두 구절 시[1]
재혼할 때도 여전히 간직하고 있는가

1) 사마상여(司馬相如)가 탁문군(卓文君)에게 사랑을 고백하면서 쓴
글 '봉이 황을 찾다(凤求凰)' 중 두 구절 "봉아 봉아 고향으로 돌아
가, 사해를 다니며 황을 찾아라(凤兮凤兮归故乡, 遨游四海求其
凰。)"를 의미. 봉황 중 봉(凤)은 수컷, 황(凰)은 암컷.

▶서한(西汉) 경제(景帝 BC156~BC141) 때 린충에 있는 부호 탁
왕손(卓王孙)의 딸 탁문군은 남편과 사별하고 아버지의 집에 기거하
고 있었음. 어느 날 연회에 초대된 준수한 용모의 사마상여가 거문고
타는 모습을 보고 한눈에 반해 함께 야반도주하게 됨. 사마상여는
극빈자로 생활 능력이 없어 둘은 술집을 열어 생계를 유지함. 이후
사마상여가 중랑장(中郎将)의 벼슬을 받게 되자 탁문군이 자신의 아
내로 어울리지 않는다고 생각하고 헤어질 생각으로 '일이삼사오육칠
팔구십백천만(一二三四五六七八九十百千万) 13자를 적은 편지를
보냄. 탁문군은 남편의 의중을 알아채고 이 13자를 운으로 따서 25
구의 문장을 지어 회신함. 사마상여는 이 글을 받고 자기 생각이 잘
못되었음을 깨닫게 됨.

南吕 · 四块玉, 马嵬坡

睡海棠, 春将晚。恨不得明皇掌中看。霓裳便是中原乱。不因这玉环, 引起那禄山, 怎知蜀道难。

남려·사괴옥(南吕·四块玉), 마웨이포(马嵬坡)

살짝 잠든 해당화와[1]
봄이 다 가도록 함께 하면서
황제가 손바닥에 올려놓고 보고 싶어 안달이었네
'예상(霓裳)[2]'이야말로 중원의 재앙이로다
옥환(玉环)[3]으로 인함이 아니면
녹산(禄山)을 일으킨 것이 무엇이랴
촉(蜀)으로 가는 길 그리 험할 줄 몰랐으리라

1) 현종이 양귀비와 함께 침향정(沉香亭)에서 술을 마시다 양귀비가 새벽녘에 잠이 들자 시중드는 고력사(高力士)에게 "귀비가 정말 곱지 않느냐? 해당화가 잠든다 해도 이에 미치지 못하리라"라고 웃으며 이야기하였다는 명황잡록(明皇杂录)의 기록을 인용.
2) 예상우의곡(霓裳羽衣曲), 양귀비가 잘 추었다는 춤곡.
3) 양귀비의 이름

▶당 현종은 양귀비와 주색에 빠져 국사를 등한히 함으로써 안사의 난이 일어나는 계기를 마련함. 반군들이 뤄양에서 장안으로 들어가는 요지인 퉁관(潼矣)을 공략하자 황제 일행은 황급히 쓰촨으로 피난하게 됨. 마웨이포를 지날 무렵 호위 부대가 들고일어나 양국충과 양귀비를 주살하여 천하에 사죄하라고 요구. 현종은 군심을 안정시키기 위해 이를 수락하고 군사들이 허리띠로 양귀비의 목을 졸라 죽임.

* * *

仙呂 · 青哥儿, 正月

春城春宵无价, 照星桥火树银花。妙舞清歌最是他, 翡翠坡前那人家, 鳌山下。

선려·청가아(仙呂·青哥儿), 정월

봄이 온 성, 정월 대보름 밤처럼 좋은 때가 없으니
은하수 반짝이고 불붙은 나무엔 은빛 꽃[1] 만발함이라
아름다운 춤사위 청아한 노랫소리 가장 빼어난 그녀
비취색 언덕 앞 그 사람의 집엔
꽃등(花灯)이 쌓여 오산(鳌山)이 되었구나[2]

1) 정월 대보름 밤 갖가지 등불들이 찬란하게 빛나는 것을 '불붙은 나

무 은빛 꽃(火树银花)'이라고 함.

2) 정월 보름날 밤에 꽃등을 산 같이 쌓은 것이 전설에 나오는 큰 자라 모양과 같다고 해서 오산(鳌山)이라고 함.

仙吕 · 青哥儿, 五月

榴花葵花争笑, 先生醉读《离骚》。卧看风檐燕垒
巢。忽听得江津戏兰桡, 船儿闹。

선려·청가아(仙吕·青哥儿), 오월

석류꽃 해바라기 다투어 웃음 짓는데
선생은 취하여 '이소(离骚)[1]'를 읊는구나
누워서 처마에 제비 둥지 튼 것 보던 중
문득 강변 나루터에서 들리는 노 젓는 소리
용선(龙船)들 모여 시끌벅적하여라[2]

1) 전국시대 말기 초나라의 굴원(屈原)이 쓴 장편 시.

2) 초(楚)나라의 수도 잉두(郢都)가 진(秦)나라 군대에 함락되자 굴원 은 미뤄장(汨罗江)에 투신함. 어부들이 배를 저어 그를 찾았던 것 을 기념하여 매년 단오 때 용선 대회가 열림.

仙吕·青哥儿，九月

前年维舟寒漱，对篷窗丛菊花发。陈迹犹存戏马台。
说道丹阳寄奴来，愁无奈。

선려·청가아(仙吕·青哥儿), 구월

작년 가을 물길 돌아 나가는 곳에 배를 매었더니
배 창문으로 만발한 국화 숲이 보였었네
희마대(戏马台)[1] 옛 자취 아직 남아 있구나
단양(丹阳)에서는 기노(寄奴)가 온다는 소문이 돌아[2]
안절부절 어쩔 줄 몰라 하였네

1) 장쑤 퉁촨현(铜川县) 남쪽에 있던 병마 조련장. 동진 안제 의희(东
   晋安帝义熙, 405~418년) 연간에 유유(刘裕, 이후 송 무제宋武帝
   가 됨)가 손님들을 초청하여 술을 마시며 글을 짓는 연회를 염.
2) 404년 환현(桓玄)이 진(晋)을 이어받자, 유유가 징커우(京口, 지금의
   전장镇江)에서 그를 토벌하기 위해 군사를 일으킴. 환현이 단양에서
   이 소식을 듣고 안절부절못하였음. 기노는 유유의 어릴 적 이름.

仙吕·青哥儿，十二月

隆冬严寒时节，岁功来待将迁谢。爱惜梅花积下雪。

分付与东君略添些, 丰年也。

선려·청가아(仙呂·青哥儿), 십이월

엄동설한 추운 시절
계절은 바뀌어 한 해가 끝나려 하네
매화에 쌓인 눈이 너무 소중하여라[1]
동군(东君)에게 조금 더 보내 달라 함은
내년 또한 풍년 되기를 바람이라

1) 매화에 쌓인 눈으로 차를 끓인 것이 가장 맛있다고 하여 그것을 긁어모아 보관하곤 하였음.

▶마치원은 12개월을 순서대로 각 달의 풍물과 경치를 소재로 한 연작시를 썼는데 그중 위 4수가 가장 애송됨.

청가아(青哥儿)는 청가아(青歌儿)라고도 하며 남북곡에서 모두 선려궁에 속함.

* * *

双调 · 寿阳曲, 远浦归帆

夕阳下, 酒旆闲, 两三航未曾着岸。落花水香茅舍晚, 断桥头卖鱼人散。

쌍조·수양곡(双调·寿阳曲), 멀리 포구로 돌아오는 배

저녁 해 질 때
술집 깃발 한가롭게 나부끼는데
두세 척 배가 접안하려 하네
꽃잎 흩날리고 물이 향기를 품은 곳, 오두막에 어둠이
깔리자
끊어진 다리 위 생선 파는 이들 흩어져 집으로 가네

双调 · 寿阳曲, 潇湘夜雨

渔灯暗, 客梦回。一声声滴人心碎。孤舟五更家万
里, 是离人几行清泪。

쌍조·수양곡(双调·寿阳曲), 샤오샹(潇湘)의 밤비

어등(渔灯) 침침한데
나그네는 꿈을 깨고
빗방울 소리 들릴 때마다 마음이 부서지네
새벽녘 외로운 돛단배 만리 밖 고향 집

타향을 떠도는 이 몇 줄기 맑은 눈물일세

双调·寿阳曲, 江天暮雪

天将暮, 雪乱舞, 半梅花半飘柳絮。江上晚来堪画
处, 钓鱼人一蓑归去。

쌍조·수양곡(双调·寿阳曲), 강기슭 저녁 눈

하늘이 어둑해지려 하고
눈발은 어지러이 춤추네
활짝 핀 매화인가 흩날리는 버들개지인가
밤이 온 강기슭 마치 그림 같은데
도롱이 걸치고 낚시하던 한 사람 집으로 돌아가네

▶송나라 때 송적(宋迪)이 샤오샹(潇湘) 산수풍경 여덟 폭을 그
렸는데 이를 샤오샹 팔경이라고 함. 이 8경은 모래밭에 내려앉는 기
러기(平沙落雁), 멀리서 포구로 돌아오는 돛단배(远浦帆归), 맑은 날
산골 마을(山市晴岚), 저녁 무렵 강변에 내리는 눈(江天暮雪), 둥팅
에 뜬 가을 달(洞庭秋月), 비 내리는 샤오샹의 밤(潇湘夜雨), 안개
낀 절의 저녁 종(烟寺晚钟), 어촌 저녁의 석양(渔村夕照)임. 마치원
이 이 그림들을 시로 해석하여 같은 제목으로 여덟 수를 씀.

***

双调·夜行船, 秋思

【夜行船】百岁光阴如梦蝶, 重回首往事堪嗟。今日春来, 明朝花谢。急罚盏夜阑灯灭。

【乔木查】想秦宫汉阙, 都做了衰草牛羊野。不恁么渔樵无话说。纵荒坟横断碑, 不辨龙蛇。

【庆宣和】投至狐踪与兔穴, 多少豪杰。鼎足三分半腰折, 魏耶, 晋耶。

【落梅风】天教你富, 莫太奢。无多时好天良夜。看钱儿硬将心似铁, 空辜负锦堂风月。

【风入松】眼前红日又西斜, 疾似下坡车。晓来清镜添白雪, 上床与鞋履相别。休笑鸠巢计拙, 葫芦提一向装呆。

【拨不断】名利竭, 是非绝。红尘不向门前惹, 绿树偏宜屋角遮, 青山正补墙头缺, 更那堪竹篱茅舍。

【离亭宴煞】蛩吟罢一觉才宁贴, 鸡鸣时万事无休歇。争名利何年是彻。看密匝匝蚁排兵, 乱纷纷蜂酿蜜, 闹攘攘蝇争血。裴公绿野堂, 陶令白莲社。爱秋来时那些: 和露摘黄花, 带霜烹紫蟹, 煮酒烧红叶, 想人生有限杯, 浑几个重阳节。人问我顽童记者, 便北海探吾来, 道东篱醉了也。

쌍조·야행선(双调·夜行船), 가을 소회

【야행선(夜行船)】

백 년 세월 한낮 나비의 꿈이라

다시 고개를 돌려 지나간 일을 보니 탄식만 나오네

오늘 봄이 왔어도

내일 아침 꽃이 지리니

벌주 빨리 돌리세 밤 깊으면 등불이 꺼질 테니

【교목사(乔木查)】

진(秦)의 궁전과 한(汉)의 도성을 생각해 보라

모두 도롱이 풀 무성한 소와 양 먹이는 들판이 되어

어부와 나무꾼들의 이야깃거리 아닌 것 없네

황폐한 무덤 부서진 비석 어지러이 널려 있고

용과 뱀(龙蛇)[1]은 분별할 수 없구나

【경선화(庆宣和)】

결국 원숭이 놀이터 토끼 굴이 되었으니

숱한 영웅호걸이 마찬가지라

삼국정립(三国鼎立)을 중도에 부러뜨린 것은

위(魏)나라인가

진(晋)나라인가

【낙매풍(落梅风)】

하늘이 너를 부자로 만들더라도

너무 사치하지 말 것은

좋은 시절 길지 않음이라

수전노는 심장을 쇠처럼 단단하게 하여

쓸데없이 대궐 같은 집 아름다운 조경에 허비하네

【풍입송(风入松)】

눈앞의 붉었던 태양 다시 서쪽으로 기우는데

떨어짐이 내리막길 수레로다

아침마다 보는 거울엔 흰 눈이 늘어나니

침상에 오르면 신발과 이별할지도 모를 일

비둘기 둥지 틀지 못함을 미련하다 웃지 마라

일부러 우둔한 척하여 멍청해 보일 수도 있으니

【발부단(拨不断)】

명예를 좇지 않고

시시비비도 멈추니

문 앞에 흙먼지 일지 않고

한쪽 구석 푸른 나무가 집을 가려주며

청산(青山)이 담장 허물어진 것을 채워주네

거기에 대나무 울타리 초가집이 더함이라

【이정연쇄(离亭宴煞)】

귀뚜라미 울게 내버려두어라 잠들면 평안해지며

닭이 울 때는 만사 쉬는 법이 없음이라

명예와 이익을 위해 싸우는 것 언제 끝나려나

빼곡한 거미 떼 부대 배치하는 것과

꿀벌 붕붕거리며 꿀을 만드는 것

소란스러운 파리 떼 서둘러 피를 다투는 것 보라

배공(裴公)의 녹야당(绿野堂)[2]

도령(陶令)의 백련사(白莲社)[3]

가을이 왔을 때 그들의 일을 흠모하니

이슬 머금은 국화를 따고

서리로 자게(紫蟹)를 끓이며

붉은 단풍잎을 태워 술을 익히네

인생에는 잔의 수가 정해져 있으니

이제 몇 번의 중양절(重阳节)이 남은 걸까

장난꾸러기 놈들아 부탁건대 부디 명심해라

북해(北海)[4]가 날 찾아오거든

동리(东篱)는 취하여 있다고 말해다오

1) 필체가 생동감 넘치는 것을 용과 뱀에 비유하였음.

2) 당(唐)나라 때의 배도(裴度)는 덕종(德宗), 헌종(宪宗), 목종(穆宗), 경종(敬宗), 문종(文宗) 다섯 황제를 섬기며 20년간 국가 안위를 위해 노력하였으나 환관의 전횡으로 국사가 날로 기울어지자, 뤄양에 녹야당을 짓고 백거이, 유우석과 술 마시고 시를 지으며 시름을 달램.

3) 동진(东晋)의 도잠(陶潜)은 펑쩌령(彭泽令)을 지낸 바 있어 그를 도령이라고 부름. 그는 혜원 법사(慧远法师)가 루산 후시(庐山虎溪, 장시江西 주장九江의 남쪽)의 둥림사(东林寺)에서 조직한 백련사(白莲社)에 가입하여 서방정토(西方净土)로의 왕생을 염원하며 수련하였음.

4) 동한(东汉)의 공융(孔融). 베이하이상(北海相)을 지내 그를 공북해라고 부르게 됨. 그는 "좌석이 손님으로 가득 차 있고, 잔에는 술 비는 날이 없으니, 나에게 무슨 근심이 있겠는가? (座上客常满, 樽中酒不空, 吾无忧矣。)"라고 말하곤 하였음.

▶삶의 의미에 대한 고민은 문인들에게 영원한 주제였음. 아무리 생활이 고달프고 술로 시름을 달래도 진보적인 지식인들은 내심 어떻게 공을 세우고 덕을 쌓을 것인가 고민하는 것이 공통된 현상이었음. 그러나 원나라 때는 문인들이 사회의 최하층민으로 전락하고 도덕 질서가 무너지면서 문인들의 절망과 도피적인 성향이 뚜렷해짐. 마치원의 '야행선, 가을 소회(夜行船·秋思)'는 이런 보편적인 정서를 역사적인 관점에서 서술한 만년의 작품.

야행선(夜行船)은 석별의 정을 노래할 때 많이 사용되던 곡패. 쌍조에 속하는 7개의 곡패를 연결하여 만든 대과곡.

백분(白賁, 약 1270~1330年?)

자는 무구(无咎), 호는 소헌(素軒). 첸탕(지금의 저장 항저우) 출신. 중서성 랑관(中书省郎官)으로 시작하여 신저우(忻州, 지금의 산시山西 소재) 태수, 창저우로 지사(常州路知事), 문림랑 난안로 총관부(文林郎南安路总管府) 등을 지냄. 1328년에서 1330년 사이에 사망.

正宫 · 鹦鹉曲

俺家鹦鹉洲边住, 是个不识字渔父。浪花中一叶扁舟, 睡煞江南烟雨。觉来时满眼青山暮, 抖擞绿蓑归去。算从前错怨天公, 甚也有安排我处。

정궁·앵무곡(正宫·鹦鹉曲)

잉우저우(鹦鹉洲)[1] 곁에 사는 나는
일자무식 어부라
물보라 속 일엽편주 타고
강남의 안개비 속에서 곤히 잠들었다
깨어보니 눈을 가득 채운 청산에 저녁이 와
녹색 도롱이를 털고 집으로 돌아가네
이전부터 하느님 원망함이 틀렸음은

나 있는 곳을 배정해 놓았음이라

1) 우한 한양(武汉汉阳) 서남쪽 창장 안의 섬

▶은둔생활을 예찬하는 것 같이 보이나 자신의 불우한 처지를 뒤집어서 불평하는 내용의 시. 원나라 때는 한족 문인들에 대한 차별이 극심하여 관직 진출이 극히 어려웠음. 따라서 당시 문인들은 역설적인 방법으로 현실에 대한 불만을 토로하곤 하였음.

* * *

双调 · 百字折桂令

弊裘尘土压征鞍, 鞭倦袅芦花。弓剑萧萧, 一竟入烟霞。动羁怀西风禾黍, 秋水蒹葭。千点万点, 老树寒鸦。三行两行, 写长空哑哑, 雁落平沙。曲岸西边近水涡, 鱼网纶竿钓搓。断桥东下傍溪沙, 疏篱茅舍人家。见满山满谷, 红叶黄花。正是凄凉时候, 离人又在天涯。

쌍조·백자 절계령(双调·百字折桂令)

먼지 가득 앉은 헤어진 갓옷 입고 말을 탔으나

채찍 흔들기 피곤함이 흔들리는 갈대꽃 같구나

스산한 칼과 활을 차고

곧장 안개 노을 속으로 향하였네

벼 기장에 부는 서풍

가을 수면에 비치는 갈대

나그네 서글픔을 일깨우네

고목 위엔 추위에 움츠린 까마귀들

새까맣게 앉아 있고

창공에서 글자를 이루고 울어예던

두세 무리 기러기들

넓은 모래톱으로 내려앉는구나

굽이진 강기슭 서쪽 물이 소용돌이치는 곳엔

어망을 펼치고 낚싯대 늘어놓은 배 한 척

끊어진 다리 동쪽 계곡 모래사장 옆엔

대나무 울타리 오두막 몇 채

보이는 산과 계곡마다

붉은 단풍 노란 꽃 가득하네

진실로 아픈 가슴 처량한 시절에

나그네 또다시 하늘가를 떠돌아야 하네

▶100자로 이루어진 절계령(折桂令). 절계령은 당송 시대의 사패가 변형된 곡. 추풍제일지(秋风第一枝), 광한추(广寒秋), 섬궁인(蟾宫引), 섬궁곡(蟾宫曲), 보섬궁(步蟾宫), 절계회(折桂回), 천향인(天香引) 등으로도 불리며 다양한 변형체가 파생되었음. 경극과 곤곡

(昆曲)에서 쓰임새가 매우 넓은 곡패로 특히 무술극 연기자들이 많이 사용.

선우필인(鮮于必仁, 생몰연대 불상)

자는 거긍(去矜), 호는 고재(苦斋)이며 위양군(渔阳郡, 톈진 지현天津蓟县 소재) 출신. 영종 지치(英宗至治, 1321~1323년) 전후에 살았던 것으로 추정. 그의 아버지 선우구(鮮于枢)는 원나라 때의 유명한 서예가이며 시인이었고 그의 누이는 음악에 정통한 위구르 가문에 시집감. 선우필인은 자연스럽게 집안의 학문적 가풍과 위구르 음악의 영향을 받게 됨. 그는 관리 가문 출신임에도 불구하고 평생 벼슬 없이 지내며 곳곳의 산수를 유람하며 다님.

双调 · 折桂令, 芦沟晓月

出都门鞭影摇红, 山色空濛, 林景玲珑。桥俯危波, 车通远塞, 栏倚长空。起宿霭千寻卧龙, 掣流云万丈垂虹。路杳疏钟, 似蚁行人, 如步蟾宫。

쌍조·절계령(双调·折桂令). 루거우(芦沟)의 새벽달

채찍 그림자 흔들리는 아침놀 도성 문을 나서니[1]
산 색깔 어렴풋한데
숲 생김새 영롱하다
높은 파도를 굽어보는 다리

수레들이 멀리 요새로 향하고

난간은 창공에 기대어 있네

팔만 척 와룡이 어젯밤 안갯속에서 기상하며

흐르는 구름을 잡아당겨 만장(万丈)²⁾ 무지개를 세웠는가

아득한 길에 종소리 드문드문하고

개미처럼 보이는 행인들이

두꺼비 궁전(蟾宮)³⁾을 걷고 있는 것 같구나

1) 당시 루거우 다리는 도성을 드나드는 대문으로 매일 새벽, 어둠이 채 걷히기 전에 수레와 사람으로 붐비기 시작했음. 전설에 따르면 큰 복을 받은 귀인은 매월 음력 초하루에 루거우 다리(卢沟桥)에서 보름달을 볼 수 있다고 하여 루거우의 새벽달(卢沟晓月)이라는 말이 생김. 루거우 다리는 금(金)나라 세종 대정(世宗大定, 1161~1189년) 연간에 건축된 것으로 역대 많은 문인의 시 소재가 되었으며 청(淸)나라 때 건륭제(乾隆帝)가 루거우의 보름달을 옌징 팔경(燕京八景)으로 선정. 지금의 베이징 서남쪽 융딩(永定) 하천에 있음.
2) 1척은 0.33미터, 1장은 10척
3) 항아가 달에 가서 두꺼비가 되었다는 전설이 있어 달을 두꺼비 궁전이라고 불렀음.

双调 · 折桂令, 西山晴雪

玉嵯峨高耸神京, 峭壁排银, 叠石飞琼, 地展雄藩天开图画, 户判围屏。分曙色流云有影, 冻晴光老树无声。醉眼空惊, 樵子归来, 蓑笠青青。

쌍조·절계령(双调·折桂令), 맑게 갠 날 시산(西山)[1]의 눈

서울을 둘러싸고 높이 솟은 험준한 옥색 봉우리
절벽에는 은빛이 걸려 있고
겹겹 바위엔 옥이 휘날리네
땅에는 웅장한 울타리 하늘에는 그림이 펼쳐지니
대문 앞 가로막은 병풍이로다
새벽 하늘빛에 흐르는 구름 그림자 지고
차가운 햇빛 비치는 고목에는 소리 하나 없는데
돌아오는 나무꾼
푸릇푸릇 도롱이 삿갓 차림에
취한 눈동자 공연히 놀라고 말았네

1) 시산은 베이징 서북쪽에 있는 산.

▶선우필인은 옌징 팔경을 소재로 여덟 수의 절계령을 씀. 옌징 팔경은 타이예 연못의 가을바람(太液秋风), 봄날 충화도의 꽃나무 그늘(琼岛春阴), 솟아나는 위취안산 샘물(玉泉趵突), 맑게 갠 날 시산의 눈(西山晴雪), 지먼의 안개 낀 숲(蓟门烟树), 금대의 저녁노을(金台夕照), 루거우의 새벽달(卢沟晓月), 짙푸른 쥐융관(居庸叠翠)임.

장양호(張养浩, 1269~1329年)

자는 희맹(希孟), 호는 운장(云庄)이며 지난(济南) 사람. 무종(武宗, 1281~1311년) 때 감찰어사(监察御史)로 임명되었으나 정책을 비판한 것이 문제가 되어 면직되었다가 이후 복직하여 예부상서(礼部尚书)와 참의중서성사(参议中书省事)에 이름. 1322년(영종 지치英宗至治 2년)에 벼슬을 그만두고 낙향한 뒤 수차례 부름에 응하지 않음. 1329년(문종 천력文宗天历 2년)에 관중(关中)에 대기근이 발생하자 산시 행대중승(陕西行台中丞)을 맡아 재해 극복에 힘쓰다가 과로사함. 산곡집 '운장의 한적한 생활 소악부(云庄休居自适小乐府)'와 귀전류고(归田类稿), 운장집(云庄集)을 남김.

中吕 · 山坡羊, 潼关怀古

峰峦如聚, 波涛如怒, 山河表里潼关路。望西都, 意踌躇。伤心秦汉经行处, 宫阙万间都做了土。兴, 百姓苦; 亡, 百姓苦。

중려·산파양(中吕·山坡羊), 퉁관(潼关) 회고

뭍 봉우리들 모여드는 듯하고

파도는 분노하는 것 같구나

퉁관[1] 가는 길 안팎으로 산과 강이 휘감았네

서쪽 도읍(西都)[2] 바라보니

온갖 생각 떠올라 나아가지 못하네

진한(秦汉) 사람들 다녔던 곳 마음을 아프게 함은

만 칸 궁궐 모두 티끌 되었음이라

왕조가 흥하니

괴로운 것은 백성이요

왕조가 망하니

괴로운 것은 백성일세

1) 산시 웨이난시 퉁관현(陕西省渭南市潼关县)에 세웠던 요새. 안에
   화산(华山)이 있고 바깥에 황허(黄河)가 있는 매우 험준한 지세로
   인해 역대 군사 요충지 역할을 하였음.
2) 진(秦)과 서한(西汉)이 장안에 도읍지를 세웠고 동한(东汉) 때 뤄양
   (洛阳)으로 천도하게 되어 장안을 서도(西都), 뤄양을 동도(东都)라
   고 하게 됨.

中吕 · 山坡羊, 骊山怀古

骊山四顾, 阿房一炬, 当时奢侈今何处。只见草萧
疏, 水萦纡。至今遗恨迷烟树。列国周齐秦汉楚。赢,
都变做了土, 输, 都变做了土。

중려·산파양(中呂·山坡羊), 리산(骊山) 회고

리산(骊山)에서 사방을 둘러보니
아방궁(阿房)은 불타 사라졌네[1]
그때의 화려함 지금 어디로 갔나
초목 성긴 곳에
물이 굽이져 흐를 뿐
이젠 모든 우여곡절 안개 자욱한 숲속에 묻혔구나
주(周), 제(齐), 진(秦), 한(汉), 초(楚) 역대 왕조들
승리한 자들
모두 흙으로 변하였고
패배한 자들
모두 흙으로 변하였네

1) 206년 12월 항우는 셴양(咸阳)을 점령하고 아방궁에 불을 질렀는
데 3달이 지나도 꺼지지 않았다고 함.

▶장양호는 벼슬을 그만두고 낙향한 뒤 여러 차례 조정의 부름을
거절하였으나 산시에 대기근이 발생하자 자신의 나이를 돌아보지 않
고 산시 행대중승을 수락한 뒤 자기 가재를 털어 구제 활동에 진력
함. 1329년 관중으로 부임하던 길에 이 곡을 씀.

* * *

正宮 · 塞鴻秋

　春来时绰然亭香雪梨花会, 夏来时绰然亭云锦荷花
会, 秋来时绰然亭霜露黄花会, 冬来时绰然亭风月梅
花会。春夏与秋冬, 四季皆佳会, 主人此意谁能会。

　정궁·새홍추(正宮·塞鴻秋)

봄이 온 정자에 향기로운 눈과 배꽃 어우러지고
여름 온 정자엔 채색 구름과 연꽃 어우러지며
가을 온 정자엔 서리 이슬에 국화꽃 어우러지며
겨울 온 정자엔 바람 달과 매화 어우러지네
봄 여름과 가을 겨울
사계절 모두 풍류 넘치는 모임이니
주인장 이런 뜻을 누가 능히 알아주랴

　▶새홍추(塞鴻秋)는 정궁에 속하는 곡패로 원곡에서 광범위하게
사용됨. 선려궁, 중려궁에 속하기도 함.

* * *

双调 · 沉醉东风, 隐居叹

班定远飘零玉关田, 楚灵均憔悴江干。李斯有黄犬
悲, 陆机有华亭叹。张柬之老来遭难, 把个苏子瞻长
流了四五番。因此上功名意懒。

쌍조·침취동풍(双调·沉醉东风), 은거 중 탄식

반정원(班定远)은 옥문관(玉门关)에서 방황하였으며[1]

초(楚)의 영균(灵均)은 강가에서 초췌해져갔네[2]

이사(李斯)는 누런 개의 아픔(黄犬悲)을 겪었으며[3]

육기(陆机)는 화팅에서 탄식(华亭叹) 하였있네[4]

장연지(张柬之)는 늙어서 난을 당하였고[5]

소자첨(苏子瞻)은 오랜 세월 네댓 차례 유배길에 나서야
했네[6]

그리하여 공명을 구할 마음 버리고 말았네

1) 반초(班超)는 서역에서 31년간 근무하면서 서역 각 민족과 한나라
의 우호 증진에 기여하여 정원후(定远侯)에 봉해짐. 서역에 근무하
던 말년에 고향 집으로 돌아가게 해달라는 상소를 올리면서 "신은
감히 주취안에 돌아가는 것을 바라지는 않으나, 단지 살아서 옥문
관으로 들어가기만 바랄 따름입니다. (臣不敢望到酒泉郡, 但愿生
入玉门矣)"라고 씀. 옥문관은 간수성 둔황(甘肃省敦煌)의 서북쪽
에 있는 요새. 고대 서역으로 통하는 요충지였음.
2) 영균(灵均)은 초나라의 애국 시인 굴원(屈原)의 자. 제(齐)나라와

연합하여 진(秦)나라에 대항할 것을 주장하였으나 조정 대부들의 참소를 받아 실권하고 한북(汉北)과 강남(江南) 일대를 방황하다 미뤄장(汨罗江)에서 투신함.

3) 이사는 원래 초나라의 상차이(上蔡) 출신으로 진시황의 재상을 맡아 천하 통일의 대업을 이루는데 크게 공헌하였으나 진 이세(秦二世) 때 조고(赵高)의 모함으로 허리를 잘리는 형을 당함. 사형 집행을 앞두고 아들에게 "다시 누런 개를 끌고 상차이 문을 나서 토끼를 쫓고 싶으나 그것이 어찌 가능하겠느냐? (吾欲与若复牵黄犬，俱出上蔡门，逐狡兔，岂可得乎。)"라고 말하며 정치에 뛰어든 것을 후회함.

4) 육기는 서진(西晋) 때의 문인이며 우쥔 화팅(吴郡华亭, 지금의 상하이 쑹장松江) 출신. 팔 왕의 난(八王之乱) 때 청두왕(成都王)을 도와 창사왕(长沙王)과 전투를 벌였다가 패하여 죽임을 당함. 형을 집행하기 전 "화팅에서 우는 학의 울음, 어찌 들을 수 있으랴! (华亭鹤唳，岂可闻乎。)"라고 한탄함.

5) 장연지(张柬之)는 샹양(襄阳) 출신으로 적인걸(狄仁杰)의 추천으로 당 무후(唐武后) 때 재상이 됨. 이후 중종(中宗)의 복위에 공을 세워 힌양군왕(汉阳郡王)으로 책봉되나 얼마 지나지 않아 무삼사(武三思)의 음해로 신저우 사마(新州司马, 신저우는 지금의 광동 신싱현新兴县)로 좌천됨. 이때 그의 나이 80세를 넘었으며 좌천된 후 울화통이 터져 죽음.

6) 자첨(子瞻)은 소식(苏轼)의 자. 그는 북송의 정치적 혼란기를 살면서 신구 양당에 모두 배척당함. 신종 희녕(神宗熙宁, 1068~1077년) 연간에 오대시안(乌台诗案) 사건에 연루되어 황저우(黄州, 지금의 후베이 황강湖北黄冈) 부사(副使)로 좌천됨. 철종 소성 원년(哲宗绍圣, 1094년)에 선제(先帝)를 비방했다는 탄핵을 받아 잉저우(英州, 지금의 광동 잉더广东英德) 유배형을 당해 유배지로 가던 중 후이저우(惠州, 지금의 광동 후이양惠阳)로 유배지가 변경됨.

1097년(소성 4년) 다시 단저우(儋州, 지금의 하이난성 단현海南省
儋县)로 유배되었다 4년 뒤 조정에서 대사면을 단행하여 돌아왔으
나 이듬해 창저우(常州)에서 병사함.

双调 · 沉醉东风, 颜如渥丹

昨日颜如渥丹, 今朝鬓发斑斑。恰才桃李春, 又早桑
榆晚, 断送了古人何限。只为天地无情乐事悭, 因此上
功名意懒。

쌍조·침취동풍(双调·沉醉东风), 윤기 흐르던 붉은 얼굴

어제는 붉은 얼굴 윤기가 흐르더니
오늘 아침엔 흰머리가 희끗희끗하네
마침 복숭아꽃 배꽃 피는 봄인가 했더니
벌써 서쪽 뽕나무 느릅나무에 해 걸리는 저녁이라
옛사람 보냄이 한두 번인가
천지는 무정하여 기쁜 일에 인색하니
때문에 구태여 공명을 구하고 싶지 않네

▶장양호는 쌍조·침취동풍을 일곱 수 썼는데 모두 관리 생활의
험난함과 부침을 노래하였음. 위 두 수는 제2, 3수. 작자는 귀향하여

은거하던 중 조정으로부터 일곱 번 부름을 받았으나 받아들이지 않았음. 1326년(태정泰定 3년) 봄 작연정(綽然亭)이 준공되고 1329년(문종 천력文宗天历 2년) 2월 장양호가 산시행대에 부임하였기 때문에 이 곡은 1326년에서 1329년 사이에 쓴 것으로 추정.

* * *

双调 · 折桂令, 过金山寺

　长江浩浩西来, 水面云山, 山上楼台。山水相连, 楼台相对, 天与安排。诗句成风烟动色, 酒杯倾天地忘怀。醉眼睁开, 遥望蓬莱, 一半儿云遮, 一半儿烟霾。

쌍조·절계령(双调·折桂令), 진산사(金山寺)를 지나며

서쪽으로부터 호탕하게 흘러온 창장(长江)
물 가운데 구름까지 솟은 산이 있고
산 위에는 누각이 서 있네
산과 물이 서로 이어지고
누각이 마주하여 섰으니
진실로 하늘이 배치한 것이라
바람결 안개 변화무쌍한 경치에 시구가 이루어지니
술잔을 기울여 천지 간에 일어나는 일 잊어야 하리
술 취한 눈 동그랗게 뜨고

멀리 봉래(蓬萊)¹⁾를 바라보니
반은 구름에 가려 있고
반은 안개에 묻혀 있네

1) 바다 가운데 있다고 하는 삼신산(三神山) 중 하나. 여기서는 진산
(金山)을 비유. 진산(金山)은 장쑤 전장(江苏镇江)에 있는 산. 송나
라 때는 창장 가운데 있었으나 이후 토사가 쌓여 남쪽 강변과 이어
지게 되었음. 동진(东晋) 때 산 위에 진산사(金山寺)를 세운 이래
많은 문인이 찾아와 허다한 작품을 남김.

双调 · 折桂令, 中秋

　一轮飞镜谁磨。照彻乾坤, 印透山河。玉露泠泠, 洗
秋空银汉无波, 比常夜清光更多, 尽无碍桂影婆娑。
老子高歌, 为问嫦娥, 良夜恹恹, 不醉如何。

쌍조·절계령(双调·折桂令), 중추(中秋)

하늘에 걸린 한 조각 거울은 누가 갈고 닦는 걸까
세상 구석구석을 비추고
온 산하에 흔적을 새기네
영롱한 이슬방울 청량하고
씻은 듯한 가을 하늘의 은하수 물결도 하나 없네

평소 밤보다 밝은 빛이 유난하니
계수나무 그림자 흔들리는 모습까지 또렷하다
늙은이 목청껏 노래 불러
상아(嫦娥)에게 묻노니
"의기소침해지는 아름다운 밤
어찌 취하지 않을 수 있을까 보냐[1]"

1) 상아는 남편 후예(后羿)가 서왕모(西王母)에게 구해온 불사약을 혼
   자 먹고 달에 올라감.

▶장양호가 은퇴 후 쓴 여덟 수의 쌍조·절계령 중 제3, 4수.

정광조(郑光祖, 1270~1324年)

자는 덕휘(德辉)이며 핑양 샹링(平阳襄陵, 지금의 산시 린펀山西临汾 부근) 출신. 항저우로리(杭州路吏)를 역임했으며 병으로 죽어 시후(西湖)의 링즈사(灵芝寺)에 묻힘. 관한경(关汉卿), 마치원(马致远), 백복(白朴)과 더불어 "원곡 사대가"로 일컬어짐. 녹귀부(录鬼簿)에 "이름은 천하에 퍼지고, 소리는 규방을 울렸다. (名闻天下, 声振闺阁)"라고 할 정도로 그의 작품이 인기가 있었음.

双调 · 蟾宫曲, 梦中作

半窗幽梦微茫, 歌罢钱塘, 赋罢高唐。风入罗帏, 爽入疏棂, 月照纱窗。缥缈见梨花淡妆, 依稀闻兰麝余香。唤起思量, 待不思量, 怎不思量。

쌍조·섬궁곡(双调·蟾宫曲), 꿈결에 쓰다

반쯤 열린 창 어렴풋한 꿈나라
첸탕(钱塘)의 노래 그치고[1]
고당부(高唐赋)도 들리지 않네[2]
상쾌한 바람 성긴 창살을 지나
비단 휘장에 불어오고

달은 그물창에 빛을 비추네
은은한 배꽃 단아하게 화장하니
난향 사향의 여운을 맡는 듯하다
이들이 여러 생각을 일어나게 하니
생각하지 않으려 하나
어찌 생각하지 않을 수 있으랴

1) 남제(南齐) 때 첸탕의 명기 소소소(苏小小)의 고사를 인용. 그녀는
   접련화(蝶恋花)라는 사에서 "첩은 원래 첸탄강에서 사는데, 꽃 피
   고 꽃 지니, 해가 지나는 것도 상관 않습니다(妾本钱塘江上住 , 花
   落花开 , 不管流年度)"라고 노래함. 첸탕은 지금의 항저우로 남송
   의 수도였으며 노래와 춤이 매우 번성하였음.
2) 고당은 전국시대 초(楚)나라의 누각 이름으로 옛 윈멍쩌(云梦泽)
   안에 있었음. 송옥(宋玉)의 고당부(高唐赋)에 초 회왕(楚怀王)이
   가오당에 놀러 갔다 꿈에서 우산(巫山)의 신녀를 만나 사랑을 나누
   었다는 전설이 기록됨.

* * *

正宮 · 塞鴻秋 其一

门前五柳侵江路, 庄儿紧依白苹渡。除彭泽县令无
心做, 渊明老子达时务。频将浊酒沽, 识破兴亡数, 醉
时节笑捻着黄花去。

정궁·새홍추(正宮·塞鴻秋) 제1수

문 앞 다섯 그루 버드나무(门前五柳)[1] 강변길을 침범하고
집은 부평초 하얀 꽃 만발한 나루터에 붙어 있네
펑쩌현령(彭泽县令)에 임명되었으나 관심이 없어[2]
연명(渊明)은 늙도록 시절과 더불어 살았네
걸핏하면 막걸리를 구했으니
흥망의 운명을 꿰뚫어 보았음이라
취해서는 웃음을 아껴가며 국화를 들고 돌아갔네[3]

1) 도연명(陶渊明)은 '오류선생전(五柳先生传)'에서 자신을 오류로 칭함. 이후 문 앞의 다섯 그루 버드나무가 시골에 은거하는 선비를 의미하게 됨.
2) 도연명은 80여 일 펑쩌현령을 지내다가 "5두(斗)의 쌀 때문에 허리를 굽히기 싫다."고 하며 관직을 버리고 낙향함.
3) 도연명은 술을 좋아하고 국화를 사랑하였음. 도연명전(陶渊明传)에 "구 월 구 일에 집을 나가 국화 수풀 가운데서 양손 가득히 국화를 꺾어 들고 한참을 앉아 있었다. 마침 장저우 자사(江州刺史) 왕홍(王弘)이 술을 보내주어 그 자리에서 마시고 취하여 돌아갔다."라고 기록됨.

正宮 · 塞鴻秋 其三

金谷园那得三生富, 铁门限枉作千年妒, 汨罗江空把三闾污, 北邙山谁是千锺禄。想应陶令杯, 不到刘令墓。怎相逢不饮空归去。

정궁·새홍추(正宮·塞鸿秋) 제3수

금곡원(金谷园)의 부요함이 삼생(三生)을 가겠는가[1]
쇠로 만든 문지방이 천년의 소원을 이루겠나[2]
미뤄장(汨罗江)은 공연히 삼려(三闾)를 더럽혔네[3]
북망산(北邙山)에 천 종(钟)의 봉록 누린 이 누구인가[4]
도령(陶令)[5]의 잔에 응하여
유령(刘伶)[6]의 무덤에 이르지 말지니
서로 만나 마시지 않고 어찌 헛되이 돌아갈 거나

1) 진(晋)나라의 석숭(石崇)은 뤄양 서쪽 허양(河阳)에 금곡원을 짓고
   매일 연회를 열고 벌주를 돌리곤 했음. 금곡원의 사치가 극에 달해
   초를 장작으로 삼고 방마다 미인을 두었으며 화장실에는 향료와 마
   른 대추를 비치했다고 함. 삼생은 전생, 현생, 이생을 말함.
2) 쇠로 문지방을 만들면 저승 귀신이 사람의 혼을 끌어가는 것을 막
   을 수 있다고 믿었음.
3) 전국시대 초(楚)나라의 굴(屈), 소(昭), 경(景) 세 귀족 성씨의 일을
   관장하던 직책을 삼려대부(三闾大夫)라 하였음. 굴원(屈原)이 이
   직책을 맡았다가 파면된 뒤 5월 5일에 미뤄장에서 투신함.
4) 뤄양 북쪽 베이망산(北邙山)에 동한(东汉)에서부터 위(魏)나라 때
   까지의 많은 왕후장상들이 매장되었음. 이후 북망산이 묘지를 상징
   하는 표현이 됨. 종(钟)은 고대의 측량단위로 640되(升)에 해당됨.
5) 도연명은 잠깐 펑쩌령(彭泽令)을 지내 도령(陶令)이라고 부름.

6) 서진(西晉) 때 페이궈(沛国, 지금의 안후이 쑤현宿县) 출신으로 죽림칠현 중 한 사람. 술을 매우 좋아하였으며 '주덕송(酒德颂)'을 지어 봉건시대의 질서를 비판하는 동시에 시골에서 술 마시며 지내는 생활을 찬양함.

▶구체적인 창작 시기는 알 수 없음. 당시 암흑 세상에서 작자는 인생무상을 절감하고 사람들에게 환상은 이루어지지 않으니, 현재를 즐기면서 살 것을 권유함. 현실 부정적이고 소극, 비관적인 사상을 주장하면서 부귀영화나 애국충정 같은 전통적인 가치에 대한 회의를 드러냄. 정광조의 정궁 새홍추 세 수 중 두 수.

증서(曾瑞, 생몰연대 불상)

자는 서경(瑞卿), 스스로 갈부(褐夫, 거친 베옷을 입은 사람)로 호를 지음. 다싱(大兴, 지금의 베이징 다싱구) 출신이나 장저(江浙)의 인물과 풍물을 좋아하여 남방으로 이사. 녹귀부(录鬼簿)에 "임종을 맞이하자 조문객이 수천 명에 달하였다"라고 할 정도로 명성을 떨침. 세운 뜻을 굽혀 권력층에 아부하는 것을 싫어하여 평생 여기저기 떠돌며 장화이(江淮) 일대 지인들의 도움에 의지하여 생계를 유지. 산곡집 시주여음(诗酒馀音)이 유명하였으나 지금은 남아 있지 않음.

中吕 · 山坡羊, 讥时

繁花春尽, 穷途人困, 太平分的清闲运。整乾坤, 会经纶, 奈何不遂风雷信。朝市得安为大隐。咱, 装做蠢, 民, 何受窘。

중려·산파양(中吕·山坡羊), 시대를 비웃다

갖가지 꽃 만발하던 봄도 다하고
곤궁한 생활 인생살이 고단하나
천하태평의 팔자 안빈낙도의 운명이라

세상을 바로잡고
나라를 다스릴 식견이 있거늘
어찌하여 탁월한 역량 펼칠 기회는 없는 거냐
조정과 저잣거리에서도 편안한 대은(大隱)의 경지[1]
내가
어리석음을 가장할 때
백성들은
어떤 어려움을 당할 것인가

1) 백거이의 시 '중은(中隱)'의 인용. 대은은 조정과 저자에 머물지만
   뜻은 속세를 초월하여 심오한 곳에 있는 사람. 중은은 한직에 머물
   며 청빈하고 한적한 삶을 사는 사람. 소은(小隱)은 속세를 떠나 세
   상과 격리되어 사는 사람

* * *

南呂 · 四块玉, 酷吏

官况甜, 公途险。虎豹重关整威严。仇多恩少人皆厌。
业贯盈, 横祸添。无处闪。

남려·사괴옥(南呂·四块玉), 악덕 관리

관직이 달콤하게 보일지라도

그 가는 길은 가시덤불투성이라

호랑이 표범이 겹겹이 지키는 문(虎豹重关) 무시무시하기 그지없네[1]

원한은 많이 사고 베푸는 것은 적으니 모든 사람이 싫어하는구나

업보를 가득 쌓아

재앙을 더하리니

어디 숨을 곳이 없으리라

1) 초사·초혼(楚辞·招魂)의 인용. 원래 "하늘에 이르는 문은 삼엄하여 들어가기 어려워 사람들이 해를 당한다"라는 뜻이나 여기서는 포악한 관리들의 횡포를 비유.

* * *

南吕 · 骂玉郎过感皇恩采茶歌, 闺情

【骂玉郎】才郎远送秋江岸, 斟别酒唱阳关, 临歧无语空长叹。酒已阑, 曲未残, 人初散。【感皇恩】月缺花残, 枕剩衾寒。脸消香, 眉蹙黛, 髻松鬟。心长怀去后, 信不寄平安。拆鸾凤, 分莺燕, 杳鱼雁。【采茶歌】对遥山, 倚阑干, 当时无计锁雕鞍。去后思量悔应晚, 别时容易见时难。

남려·마옥랑 다음 감황은과 채차가(骂玉郎过感皇恩采茶歌), 부녀자의 정

【마옥랑(骂玉郎)】
낭군님을 멀리 보내는 가을 강 언덕
이별주를 따르며 '양관곡(阳关曲)'을 부르네
갈림길에서 말없이 하늘을 보며 장탄식이라
술은 이미 떨어졌고
노래도 남지 않았으니
사람이 헤어져야 하네

【감황은(感皇恩)】
달 이지러지고 꽃 지니
덩그러니 남은 베개와 이불 차갑기만 하여라
얼굴 분 냄새 희미하고
찌푸린 검은 눈썹에
트레머리 헝클어졌네
떠나간 뒤 소식이 늘 궁금하건만
평안을 전하는 편지 한 장 없어
헤어진 난새 봉새
나누어진 앵무 제비
물고기 기러기(鱼雁)[1] 묘연하여라

【채차가(采茶歌)】
먼 산을 마주하여
난간에 기대어 섰네
그땐 왜 말안장 묶을 생각 못 했을까

떠난 뒤 그리워하고 후회해도 이미 늦었으니
헤어짐은 쉬웠건만 다시 만남은 어려움이라

1) 물고기와 기러기가 편지를 전해준다고 하여 어안(魚雁)이 편지를
   의미하는 말이 됨.

南呂 · 骂玉郎过感皇恩采茶歌, 闺中闻杜鹃

【骂玉郎】无情杜宇闲淘气。头直上耳根底, 声声聒得
人心碎。你怎知, 我就里, 愁无际。【感皇恩】帘幕低垂,
重门深闭。曲阑边, 雕檐外, 画楼西。把春酲唤起, 将
晓梦惊回。无明夜, 闲聒噪, 厮禁持。【采茶歌】我几曾
离、这绣罗帏, 没来由劝我道不如归。狂客江南正着
迷, 这声儿好去对俺那人啼。

**남려·마옥랑 다음 감황은과 채차가(骂玉郎过感皇恩采
茶歌), 규방에서 두견 소리를 듣다**

【마옥랑(骂玉郎)】
무정한 두우(杜宇)1)야 심술 좀 부리지 말아라
머리 위에서 또 귀밑에서
울부짖는 소리마다 사람의 마음을 부수는구나
네가 어찌 알겠느냐

내 마음에

근심이 끝없는 것을

【감황은(感皇恩)】

휘장 낮게 떨어뜨리고

겹겹 문은 꼭꼭 닫아 놓았거늘

굽이진 난간 옆

채색 처마 바깥

예쁜 누각 서쪽 곳곳에서 우는소리

봄날 몽롱함을 깨우고

새벽꿈에서 놀라 정신이 들게 하는구나

어째서 밤낮 가리지 않고

소란스럽게 굴어

마음을 혼란스럽게 하는 거냐

【채차가(采茶歌)】

이 자수 비단 휘장을

내가 몇 번이나 떠났다고

터무니없이 나에게 "돌아가는 게 낮다(不如归去)"고 권
하는 거냐

역마살 낀 인간은 지금 강남에 미쳐 있으니

그 소리는 그 사람에게 가서 떠들도록 하여라

1) 옛 촉(蜀)나라의 임금 두우(杜宇)가 직위를 잃고 죽은 뒤 두견이 되
   었다는 전설이 있는데 밤마다 우는소리가 "뿌루꾸이취(不如归去,
   돌아가는 게 낮다)"처럼 들린다고 함.

▶증서(曾瑞)의 산곡은 남녀 간의 사랑, 산림에서의 은거를 주제로 하는 것이 많음. 이 곡에서는 규방 여인이 하소연하는 방식을 통해 자기 부인에 대한 그리움을 표현. 구체적인 창작 시기는 알 수 없음.

마옥랑(骂玉郎), 감황은(感皇恩), 채차가(采茶歌) 세 곡의 남려궁(南呂宮) 곡조를 연결하여 만든 대과곡(带过曲). 이 세 곡은 단독으로 쓰이지는 않고 대과곡으로만 사용됨.

* * *

中呂 · 喜春来, 相思

你残花态那衣叩, 咱减腰围攒带钩, 这般情绪几时休。思配偶, 争奈不自由。

중려·희춘래(中呂·喜春来), 그리움

너 아직 지지 않은 꽃, 옷깃을 당기는 모습
내 허리는 야위어 허리띠 고리가 쌓이는구나
이러한 미련 멈출 날이 언제인가
님을 그리는 마음에
마음 편치 못함을 어찌하랴

中吕 · 喜春来, 夫妻

鸳鸯作对关前世, 翡翠成双约后期, 无缘难得做夫妻。除梦里, 惊觉各东西。

중려·희춘래(中吕·喜春来), 부부

원앙새는 짝을 이뤄 전생을 잇고
물총새는 쌍쌍이 훗날을 기약하니
인연이 없으면 부부가 되기 어려운 법
꿈에서 깨어나
각자 동서로 나뉘었음을 알고 말았네

中吕 · 喜春来, 妓家

无钱难解双生闷, 有钞能驱倩女魂, 粉营花寨紧关门。咱受窘, 披撇见钱亲。

중려·희춘래(中吕·喜春来), 기생집

돈이 없으면 쌍생(双生)[1]의 고민을 풀기 어렵고
돈이 있으면 천녀(倩女)[2]의 혼도 좇을 수 있으리니

분색 담장 꽃 울타리는 문을 굳게 닫아 버렸네
나 살림이 궁핍하여
버림을 당했거늘 돈을 보더니 사족을 못 쓰는구나

1) 뤄장 현리(闾江县吏) 쌍점(双渐)과 기생 소소경(苏小卿).
2) 원나라 때 정광조(郑光祖)가 쓴 '천녀리혼(倩女离魂)'에 나오는 장
   천녀(张倩女). 장천녀는 어릴 때부터 왕문거(王文举)와 결혼을 약
   속한 사이였음. 왕문거가 과거에 응시하기 전 장천녀의 집에 들러
   결혼을 요청하였으나 장천녀의 어머니는 왕문거가 아직 과거에 급
   제하지 않았다는 이유로 거절함. 왕문거는 할 수 없이 홀로 상경하
   고 장천녀는 고민 끝에 병을 얻어 그녀의 혼은 육신을 떠나 왕문거
   를 따라감. 왕문거가 급제 후 금의환향하자 장천녀의 혼은 다시 육
   신과 합하여 병상에서 일어나고 둘은 부부가 됨. 천녀리혼은 배월
   정(拜月亭), 서상기(西厢记)와 더불어 원나라의 3대 애정극으로 평
   가됨.

▶증서는 희춘래를 모두 스물두 수 지었음. 그중 제8, 9, 10수.

元曲 300首 (上)

초판 1쇄 발행 ┃ 2024년 10월 10일

옮긴이 ┃ 류   인
엮은이 ┃ 이용헌
펴낸이 ┃ 윤용철
펴낸곳 ┃ 소울앤북
주 소 ┃ 경기도 파주시 회동길 325-22, 3층
편집실 ┃ 서울특별시 중구 을지로14길 8, 618호
전 화 ┃ 02-2265-2950
이메일 ┃ poemnpoem@gmail.com
등 록 ┃ 2014년 3월 7일 제4006-2014-000088

ⓒ 류인, 2024

ISBN 979-11-91697-14-8 04820
      979-11-91697-13-1   (세트)

＊이 책의 판권은 옮긴이와 소울앤북에 있으며 무단 전재를 금합니다.
＊잘못된 책은 교환해드립니다.